에드가 앨런 포 읽·기·의·즐·거·움

모르그가의 살인 사건 · 검은 고양이 · 어셔가의 몰락 외

e시대의 절대문학

에드가 앨런 포 읽·기·의·즐·거·움

모르그가의 살인 사건 · 검은 고양이 · 어셔가의 몰락 외

| 김성곤 | 에드가 앨런 포 |

살림

*e*시대의 절대문학을 펴내며

자고 나면 세상은 변해 있다.
조그마한 칩 하나에 방대한 도서관이 들어가고
리모콘 작동 한 번에 멋진 신세계가 열리는
신판 아라비안나이트가 개막되었다.
문자시대가 가고 디지털시대가 온 것이다.

바로 지금 한국은, 한국 교육은,
그 어느 시대보다 독서의 당위성을 강조하고 있다.
지난 시대의 교육에 대한 반성일 것이다.
그러나 문자시대가 가고 있는데,
사람들은 디지털시대의 문화에 포위되어 있는데,
막연히 독서의 당위를 강조하는 일만으로는
자칫 구호에 머물고 말 것이다.

지금 우리는 비상한 각오로, 문학이 죽고
우리들 내면의 세계가 휘발되어버린 이 디지털시대에
새로운 문학전집을 만들고자 꿈꾼다.
인류의 영혼을 고양시켰던 지혜롭고 위엄 있는
책들 속의 저 수많은 아름다운 문장들을 다시 만나고,
새로운 시대와 화해할 수 있는 방법론적 독서를 모색한다.

*e*시대의 절대문학은
문자시대의 지혜를 지하 공동묘지에 안장시키지 않고
디지털시대에 부활시키는 분명한 증거로 남을 것이다.

발행인 심 만 수

| 차례 |

에드가 앨런 포 읽·기·의·즐·거·움
Edgar Allan Poe

2부 ㅣ 리라이팅

3부 ㅣ 관련서 및 연보

1 에드가 앨런 포

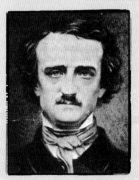

*Edgar
Allan Poe*

에드가 앨런 포는 미국 문단의 중심지가

보스턴에서 뉴욕으로 옮겨가던 시절,

뉴욕 문단을 중심으로 일어난

미국 문학의 르네상스를 이끌었던 작가였다.

후배 작가들인 호손이나 멜빌과 더불어

미국 낭만주의 문학의 선봉에 서 있던 그는

뛰어난 심미적 혜안을 지녔던 탁월한 심리 분석가였다.

독자들을 전율하게 했던 그의 심미적 깊이는

보들레르 같은 프랑스 상징주의 시인들에게 큰 감동을 주었으며,

인간의 무의식을 탐색했던 그의 심리 분석은

후대의 심리학자 프로이트에게 지대한 영향을 끼쳤다.

포는 추리소설의 원조이자,

문학사상 최초의 탐정을 작품 속에 등장시킨 작가이기도 했다.

명탐정 셜록 홈즈와 왓슨을 등장시켜 명성을 떨친

후대 영국의 추리 작가 아서 코난 도일 역시

포의 영향으로부터 자유롭지 못했다.

또한 심리소설과 공포소설, 괴기소설의 아버지인 포가 즐겨 사용했던

분열된 자아, 생매장, 생중사(生中死) 등의 모티프들은

나중에 로버트 루이스 스티븐슨이나 오스카 와일드, T. S. 엘리엇 같은

작가들에게 많은 영향을 주었다.

1 장 — 에드가 앨런 포의 삶과 문학

Edgar Allan Poe

왜 지금 포(Poe) 인가

시대를 앞서 살았던 천재 작가 에드가 앨런 포(Edgar Allan Poe)는 생전에 조국인 미국에서보다 프랑스에서 더 평가받았던 작가였다. 이를테면 포의 천재성과 탁월한 심리 묘사 그리고 심미주의적 문학 세계에 크게 고무된 프랑스 시인 보들레르는 포의 전기를 써서 그를 프랑스 문단에 소개했는데 보들레르에 대한 포의 영향은 시집 『악의 꽃』에서 분명하게 드러나고 있다. 또 말라르메는 「갈까마귀」를 비롯하여 포의 시들을 프랑스어로 번역했으며, 프랑스의 유명한 공상과학소설 작가 줄 베른은 포의 유일한 장편소설 『아서 고든 핌의 모험』의 속편을 써서 포를 유럽에 널리 알리기도 했다.

영국으로도 전파된 포의 영향력은 특히 탐미주의자 오스

카 와일드에게 영감을 주었으며, 스윈번과 로제티 역시 포의 작품을 좋아했다. 이탈리아에서의 포의 영향력은 다눈치오의 소설과 희곡에서 찾아볼 수 있고, 러시아의 문호 도스토예프스키의 고통 받고 분열된 주인공들 또한 포에게 많은 빚을 지고 있다. 동료 미국 작가들이 아직 유럽의 영향에서 벗어나지 못하고 있을 때, 포는 유럽 문단에 커다란 영향을 끼쳤던 최초의 미국 작가였다.

포는, 미국 문단의 주류가 보수적인 보스턴에서 진보적인 뉴욕으로 옮겨가던 시절 그리고 미국이 유럽의 영향에서 벗어나 문화적 탈식민주의를 주창하던 낭만주의 시대에 작품 활동을 했다. 보스턴 문인들을 다룬 매슈 펄의 추리소설 『단테클럽』에서도 잠깐 언급되고 있지만, 당시 포는 스스로 문단의 이단아로 자처하며 보스턴의 보수주의적 문인들을 비판하는 글을 써서 문학 논쟁의 중심에 서기도 했다. 바로 거기에 포의 문학사적 중요성이 있는 동시에, 아이러니컬하게도 그 점이 당시 미국 내에서 포의 진가가 크게 평가받지 못하고 비판의 대상이 된 이유이기도 하다.

오늘날 포가 주목받는 이유는, 그가 주요 문학 장르의 창시자이자 더 나아가 미래를 내다보는 그의 작품 세계가 현대 문학 이론의 관심사와 상당 부분 일치하기 때문이다. 우선 포는 추리소설이라는 장르를 창시한 원조이자 심미적 공포소설의 아버지로서 중요한 의미를 갖는다. 포는 당시 어느 누구도 생각해내지 못했던 추리소설을 써냈으며, 세계 최초의 '탐정'을 만들어내기도 했다. 포가 발명한 추리소설은 이후 수많은 모방자를 산출했는데, 그가 발명한 천재 탐정 오귀스트 뒤팽은 이후 등장하는 추리소설 속의 모든 탐정―코난 도일의 셜록 홈즈, 애거서 크리스티의 에르퀼 포와르, 모리스 르블랑의 아르센 루팽 등―의 원형이 되었다. 또한 포는 뒤팽의 사건 해결을 독자들에게 해설해주는 화자 겸 조수를 설정함으로써 후에 등장하는 셜록 홈즈와 그의 조수 왓슨의 모델을 제공해주기도 했다.

공포소설의 경우는 물론 18세기 고딕소설에서 이미 그 근원을 찾아볼 수 있겠지만, 포가 써낸 독창적인 공포소설은 대단히 심미적이고 유미적이며 심리적이고 상징적인 특이한 장르의 호러 픽션이었다. 예컨대 포의 단편 「붉은 죽음의 마스크」는 관습적인 스토리 대신 불길하고 스산한 공포 분위기가 전편을 휩싸고 있는 강렬한 심리소설이며, 「어셔가(家)의 몰락」「검은 고양이」「윌리엄 윌슨」은 포가 즐겨 사용했던 '생매장'과 '쌍둥이 자아' 주제가 불러일으키는 격조 높은 공포를 다룬 특이한 서스펜스 심리소설이다. 포는 인간의 마음속에 내재한 근본적인 두려움과 공포를 그 누구보다도 잘 알고 있었으며 그것을 문학적으로 형상화하는 데 성공했던 뛰어난 심리소설 작가였다. 후에 포의 공포심리소설은 많은 모방자를 탄생시켰는데, 그중 가장 뛰어난 포의 후계자라는 평을 받는 작가가 바로 스티븐 킹이다. 비평가 레슬리 피들러는 "인간 내면에 숨어 있는 가장 원초적인 공포와 두려움을 드러낸다는 점에서 스티븐 킹은 에드가 앨런 포의 공식적인 후계자"라고 말한 바 있다.

또한 포는 문학비평에도 뛰어난 안목을 갖춘 문학 이론가였으며, 시대를 앞서가는 뛰어난 비평감각의 소유자였다. 포는, 작품에 대한 세밀한 분석을 통해 장차 20세기에 각각의 예술 작품을 그 나름의 법칙을 지닌 자기 충족적인 하나의 독립 단위로 볼 것을 주장한 소위 '신비평'의 출현을 예고했다. 또한 포는 엄밀하게 텍스트를 분석했고 자신의 주장을 수많은 구체적인 예를 들어 입증함으로써 현대 미국 문학비평의 원조가 되었다.

특히 포의 단편 이론과 시론은 본격적인 미국 문학 이론의 시효가 되었으며(후에 헨리 제임스에 의해 계승된다), 그의 작품 역시 현대 문학 이론인 '포스트모더니즘'이나 '독자반응비평' 이론과 긴밀하게 연관되고 있다. 나중에 구체적인 논의가 있겠지만, 「도둑맞은 편지」에서 포는 이미 탐정과 도둑은 사실 종이 한 장 차이라는 포스트모던적 시각을 제시해주고 있으며, 「모르그가(街)의 살인 사건」에서는 범인의 목소리에 대한 사람들의 각기 다른 반응 속에서 진리를 찾아냄으로써 독자들의 각기 다른 해석을 인정하는 독자반응비평 이론의 선각자 노릇을 하고 있다. 최근 추리소설·공포소설·심리소설·판타지 등이 부상하면서, 이미 19세기 중반에 그러한 장르들을 만들어냈던 포가 새로운 조명을 받게 된 것은 당연한 일인 것처럼 보인다.

또 한편으로 포는 미국 간행물 사상 최초의 현대적 편집자였다. 그 당시 미국 저널들은 대체로 감상적인 소설과 시를 요구하는 여성 독자들을 대상으로 하고 있었다. 그러나 포가 편집을 맡으면서부터 미국의 정기 간행물들은 진지하고 전문적인 작품을 수용하고 게재하기 시작했다. 책을 비평할 때 포는 무척이나 엄격해서, 포 이전에 어느 누구도 그처럼 정직하고 능력 있는 편집자는 없었다는 평을 받았다.

포는 인간 영혼의 어두운 심연과 고뇌와 광기와 붕괴를 감지하고 그것의 탐색에 탐닉했던 특이한 작가인 동시에, 미국의 신화와 미국의 꿈속에 내재한 악몽적 요소를 간파하고 그것의 감추어진 본질을 탐색했던 미국 최초의 작가였다.

미국의 비평가 해리 르빈은 비평서 『암흑의 힘』에서 포의 정신적 여행을 어둠의 본질을 밝히기 위한 "밤의 끝으로의 여행(journey to the end of the night)"이라고 부르고 있다. 한편 영국 소설가 D.H. 로렌스는 『미국 고전문학 연구』라는 비평서에서 "포가 끊임없이 탐색하고 기록하고자 했던 것은 미국인들의 낡은 의식의 해체 과정과 새로운 의식의 형성 과정이다."라고 말하고 있다. 과연 포의 작품 속 배경으로 흔히 등장하는 것은 붕괴되어가는 유럽식 고성이나 낡은 저택들이다. 그리고 그것들이 붕괴된 자리에서 새로운 의식이 형성된다. 예를 들어「어셔가의 몰락」의 결말 부분에 낡은 저택이 붕괴되는 것 역시 그런 면에서 긍정적으로 해석되기도 한다. 그러한 의미에서 포는 유럽적인 작가라기보다는 다분히 미국적인 작가였다.

포는 다수의 대중에게 이해받기보다는 소수의 감식가들에게 이해받기를 원했고, 독창적이고 극단적인 탐미주의자였으며, 관습과 도덕의 규범을 과감히 초월하는 독특한 작가였다. 포는 아메리칸 드림이 악몽으로 변해가는 과정에서 점차 사라져간 목가적인 꿈과, 꿈의 부재 속에 나타나는 황량한 정신적 풍경을 적나라하게 보여준 용기 있는 작가였다. 그는 또 미국에서 인종 문제가 초래할지도 모를 폭력과 공포에 대해서도 선구자적 인식을 갖고 있었으며, 『아서 고든 핌의 모험』 같은 소설에서 그와 같은 문제를 심도 있게 다루고 있다. 사회적 문제를 다룰 때도 포는 언제나 심리적으로 접근하여 감추어진 무의식의 풍경을 드러내 보여주었고, 그런 의미에서 그는 후에 등장하는 프로이트에게 지대한 영향을 끼쳤다.

오늘날 추리소설과 심리공포소설의 창시자로서, 그리고 인간 정신에 자리 잡고 있는 어둠의 핵심을 통찰해 과감히 암흑의 본질과 대면한 작가로서 에드가 앨런 포는 재발견되고 재평가받고 있다. 지금의 우리는 포가 살았던 19세기와는 비교도 할 수 없는 끔찍한 현실 속에서 살고 있다. 미국 작가인 리처드 라이트는 소설 『미국의 아들 Native Son』에서 이렇게 말하고 있다.

"만일 오늘날 포가 살아 있다면 그는 공포를 만들어낼 필요가 없었을 것이다. 공포가 그를 만들어냈을 것이기 때문이다."

포의 삶과 문학 세계

에드가 앨런 포는 1809년 1월 9일 보스턴에서 유랑극단 배우의 아들로 태어났다. 포는 생전에 미국 주요 작가들 중 가장 비참하고 비극적인 삶을 살았는데, 궁핍과 불운은 평생 그를 따라다니다시피 했다. 아버지가 집을 나가버려 어머니 엘리자베스 포는 젊은 나이에 남편 없는 과부가 되었고, 포가 두 살 되던 해 버지니아 주 리치몬드에서 결핵으로 사망했다. 포의 조부는 부유했지만 아들 데이빗 포가 자신의 뜻에 반해 배우가 되자 아들에게 전혀 재정적 도움을 주지 않아, 어린 포는 어려서부터 가난한 삶을 살았다.

아버지가 가출하고 없는 집에 어머니마저 사망하자 고아 아닌 고아가 된 어린 에드가 포는 리치몬드의 부유한 담배 상인인 숙부 존 앨런의 집에 입양되었다. 그의 이름이 에드가 앨런 포가 된 것도 바로 그런 연유에서였다. 헌신적인 숙모 프랜시스 앨런 덕분에 포는 비로소 여태까지 한 번도 맛보지 못했던 안정된 가정적 분위기 속에서 성장할 수 있었다. 이 새로운 가정에서 포는 남부 신사로 양육되었고, 신사 계급에 따르는 여러 혜택도 누렸다. 소년 시절 그는 학교 선생님이나 급우들로부터 좋은 평가를 받았고, 각종 스포츠에도 뛰어났으며 특히 수영에서 두각을 나타냈다. 1815년 숙부이자 양아버지인 존 앨런은 사업을 확장하기 위해 가족을 데리고 영국으로 건너갔다. 이후 5년 동안 포는 영국의 여러 학교를 다녔는데, 그중 스토크 뉴잉턴에 있는 매너 하우스 스쿨의 고딕풍 분위기에서 후일 그의 소설에서 사용하게 될 많은 세부적인 것을 습득했다.

1820년 포는 다시 미국의 리치몬드로 돌아왔고, 1826년 봄에는 버지니아 대학에 입학했다. 당시 남부의 신사 계급 학생들은 말이나 개 또는 노예들을 기숙사로 데려와 부리면서 호사스런 생활을 했다. 대학은 흥청대며 노는 분위기였고, 도박과 음주, 싸움, 결투 등은 다반사로 일어났다. 이처럼 대학의 분위기는 공부와는 다소 거리가 먼 것이었다. 다른 신입생들처럼 포 역시 새로운 대학 생활에 잘 적응하지 못하고 집을 그리워했다. 스코틀랜드인 기질의 숙부이자 양부 앨런은 양아들에게 돈을 보내주지 않아 포는 돈을 벌기 위해 도박을 하다가 돈을 잃고, 상인들로부터 돈을 빌리게 되었다. 대학에서 포는 명랑하거나 활발한 편은 아니었고, 상류층 학생들과도 잘 어울리지 않았다. 당시 그가 진 빚은 그런 상황에 있는 젊은이에게는 그리 이례적인 것은 아니었다고 전해진다. 그러나 포를 미워했던 숙부 앨런은 그에게 어떤 형태의 재정적 지원도 거부했으며, 그 결과 포는 대학을 중퇴해야만 했다. 결국 포는 대학 교육을 마치지 못했다. 포는 양아버지의 마음이 바뀌기를 바랐으나 그것은 그의 기대로 끝났다. 심지어 양아버지는 나중에 죽을 때 유언장에조차 포의 이름을 언급하지 않았다.

1827년 5월 포는 군에 입대했고, 그해 여름 첫 번째 시집 『테멀레인과 다른 시들』을 출판했다. 그는, 만일 자신이 작가로서 성공한다면 숙부 앨런의 사이도 다시 좋아질 것으로 생각했다. 1829년 12월 포는 두 번째 시집 『알 아라프, 테멀레인과 다른 시들』을 출판했다. 1830년 6월에 숙모 앨런 부인이 사망하자 양아버지와 포의 사이는 더욱 멀어졌다. 몇 달 후 포는 미 육군사관학교인 웨스트포인트에 입학했고, 상관을 비롯하여 동료 생도들로부터도 좋은 평판을 얻었다. 하지만 자신이 어떤 일을 해도 숙부 앨런의 마음을 되돌릴 수 없다는 것을 알게 된 포는 자포자기가 되어 사관생도 생활에도 잘 적응하지 못했다. 규정을 위반한 포는 1831년 1월에 드디어 군법 회의에 회부되고 웨스트포인트를 퇴교하게 되었다.

웨스트포인트 퇴교 후 포는 볼티모어에서 가난하게 살았다. 이 기간 동안 그는 형편없는 식사와 음주로 일관했으며, 결국 그로 인해 젊은 나이에 요절하고 말았다. 일반적으로 포는 대단한 애주가로 알려져 있지만 그건 사실이 아니고, 다만 그가 사교적으로 술을 마시는 것이 자연스러웠던 남부 상류 사회에서 자랐기 때문에 술 마시는 것에 익숙했을 뿐이라고 보는 견해가 보다 더 정확할 것이다. 그가 자주 술을 마셨던 이유는, 그것이 당시의 관습이기도 했지만 고통스런 현실을 잊기 위해서이기도 했다. 삶이 점점 더 비참해짐에 따라 그는 현실로부터의 도피를 위해 술을 마셨고, 그럴수록 그의 심리적 상처는 깊이를 더해갔다.

1833년 10월 포는 『볼티모어 새터데이 비지터』가 주최한 현상 모집에 단편소설 「병 속의 문서 S. Found in a Bottle」를 투고하여 상을 받았다. 이후 심사 위원 중 한 사람의 도움으로 그는 1835년 7월부터 1837년 1월까지 문예지 『서던 리터러리 메신저』의 편집자로 일했다. 그가 맡은 많은 편집 일 가운데 첫 번째의 이 일은 미국 문학잡지에 새로운 생명을 불어넣은 편집자로서 문학사에 포의 이름을 기록하는 데 한몫을 했다. 그는 미국 정기 간행물 사상 가장 위대한 최초의 편집자로 알려져 있고, 그가 쓴 '편집자의 글' 들은 대부분 문학비평에 속하는 독창적인 글이었다. 그가 편집자로 일하는 동안 500부이던 잡지는 3,500부로 발행 부수가 늘었으나 그는 원래 계약대로 주당 10달러밖에 받지 못했다. 그럼에도 불구하고 포는 작은 보수에 어울리지 않게 뛰어난 능력으로 엄청난 양의 편집 일을 해냈다.

1835년 스물여섯 살의 포는 당시 열세 살이던 사촌 버지니아 클렘(Virginia Clemm)과 결혼했다. 두 사람의 나이 차는 오늘날에도 터무니없는 것으로 생각되겠지만 남북전쟁 전의 미국 남부에서는 흔한 일이었다. 비록 어리지만 버지니아는 포를 그야말로 강렬하게 사랑했으며, 포 역시 그녀를 사랑했다. 버지니아의 어머니 클렘 부인도 그들과 함께 살았는데, 아마도 포 자신이 그것을 원해서였던 것으로 보인다. 어머니를 일찍 여읜 포에게 클렘 부인은 어머니를 대신하여 위안을 주었다. 버지니아는 너무 어린 데다 그녀의 어머니도 딱히 하는 일이 없었기 때문에 그런 환경에서 그들이 함께 기거하는 것은 퍽이나 자연스러웠다. 버지니아는 하프와 피아노도 연주할 줄 알았고 노래도 잘했다. 클렘 부인은 집안일을 돌보고, 포는 사설과 작품을 쓰면서 언젠가는 자신의 잡지를 펴내는 꿈을 꾸었다.

포는 『서던 리터러리 메신저』지의 편집 일을 그만두고 뉴욕과 필라델피아로 갔다. 1838년 하퍼스 출판사는 포의 장편 소설 『아서 고든 핌의 모험』을 출판했으며, 1839년 12월에는 포의 첫 번째 단편집인 『기괴하고 기이한 이야기들 *Tales of the Grotesque and Arabesque*』을 출판했다. 1839년부터 1842년까지 포는 역시 문예지인 『버튼스 젠틀맨스 매거진』 과 『그레함스 매거진』에서 편집자로 일했다. 이 무렵이 포의 삶에서 가장 활발하게 활동한 시기라고 할 수 있다. 그의 논쟁적인 비평은 문단에 흥미를 불리일으켰으며, 그의 글들은 독자들로부터 많은 호응을 얻었다. 그는 호손의 천재성을 인정한 최초의 편집자였으며, 알프레드 테니슨과 엘리자베스 배럿 브라우닝을 극찬했다. 반면에 그는 보스턴 문단의 태두인 롱펠로우의 교훈주의를 싫어했고, 뉴잉글랜드의 도덕적인 문학 색조를 비난했다.

1841년에 포는 편집자이자 명시 선집의 편집자인 루퍼스 그리스월드(1815~1857)를 만났는데, 당시 그리스월드는 곧 출판될 예정의 『미국의 시인들과 시집』에 실을 시들을 모으고 있었다. 포는 그에게 시 몇 편을 주었고, 주변 사람들에게도 기고를 권했다. 그러나 이후 포는 문예지 『새터데이 뮤지엄』에 이 책을 비판하는 글을 쓰면서 그리스월드의 문학적 판단이 의심스럽다는 암시를 했다. 이때부터 그리스월드는 포에게 증오심을 품었지만, 포가 죽기 전까지는 그 속내를 드러내지 않았다.

1842년 봄에 포의 아내 버지니아가 병에 걸렸다. 수년에 걸친 변변찮은 음식과 나빠진 건강은 결핵으로 이어졌고, 이후 1847년 사망할 때까지의 5년 동안 그녀는 극심한 고통 속에서 살았다. 포가 아픈 아내를 돌보느라 잡지 일에 소홀하자, 1842년 사장 그레함이 그리스월드를 데려와 포의 자리에 앉혔다. 그리스월드가 느닷없이 자신의 자리를 차지한 것을 알게 된 포는 상처받고 흥분하여 편집자 직을 그만두었다. 하지만 포는 이후에도 그리스월드와는 좋은 관계를 유지했기 때문에, 그리스월드가 자신에게 깊은 증오심을 품고 있으리라고는 전혀 의심하지 않았다.

그러는 동안 버지니아는 죽어가고 있었고, 그러한 그녀를 보면서 포는 끔찍한 고통을 겪었다. 버지니아는 1847년 1월 30일 뉴욕의 포드햄에서 사망했다. 포의 대표 시 중 하나인 「애너벨 리」는 바로 그때 태어난 것이다. 「애너벨 리」는 당시 포가 느꼈던 슬픔과 비탄을 생생하게 드러내주고 있는 아름답고도 애절한 시로 평가받고 있으며, 버지니아가 사망한 포드햄의 집은 오늘날 19세기 미국 문학의 지표가 되는 유적지로 남아 있다.

1843년 포는 단편 「황금충 *The Gold Bug*」으로 『달러 뉴스페이퍼』에서 수여하는 상을 받았다. 그리고 1845년에 시

「갈까마귀 The Raven」를 문예지 『뉴욕 이브닝 미러』에 발표하면서, 포는 일약 유명 작가로 떠올랐다. 「황금충」이 불어로 번역되자 포는 프랑스에서도 그 이름이 널리 알려졌다. 일 년 뒤에는 파리를 무대로 한 「모르그가의 살인 사건」 프랑스어 번역본이 두 개가 나오는 바람에 프랑스의 두 신문 사이에 법정 소송으로까지 번지기도 했다. 영국 시인 엘리자베스 배럿 브라우닝은 포의 「갈까마귀」에는 "보기 드문 힘과 영향력"을 느낄 수 있다고 칭찬했으며, 단테 가브리엘 로제티(1828~1882)는 「축복받은 소녀」에서 포의 「갈까마귀」를 모방하기도 했다. 그러나 그러한 명성도 포에게 별 도움을 주지는 못했고, 시를 쓰고 받은 소액의 고료들도 그를 비참한 상황에서 벗어나게 해주지는 못했다.

포는 아내 버지니아가 사망하고 나서 2년밖에 더 살지 못했는데, 이때가 그의 인생에서 가장 비참한 시기였다. 버지니아가 죽고 몇 주 동안 그는 그녀의 무덤가를 배회하며 이성을 잃고 울곤 했다.

같은 해 봄, 포는 아내의 죽음에서 오는 충격으로부터 벗어나 인간과 우주에 관한 자신의 마지막 견해를 피력한 산문집 『유레카 Eureka』를 집필하기 시작했다. 이 작품에서 포는 우주의 창조와 섭리, 그리고 시간의 끝에서 존재의 근원으로 돌아가게 되는 운명에 관한 깊은 성찰을 보여주고 있다. 그는 방법론으로 논리 대신 직관을 택했는데, 어떤 의미에서 이 작품은 죽음에 관한 철학, 즉 인간이 우주의 뒤에 존재하고 있다고 믿는 위대한 스피릿과 인간 영혼과의 결합을 연구해보려는 시도였다고 할 수 있다. 때문에 포가 죽은 후 그의 정적들은 그를 무신론자라고 비난 했지만, 물론 그것은 사실이 아니다. 어쨌든 포는 천국과 지옥에 관한 관례적인 묘사를 떠나, 인간과 신의 관계를 논할 수 있는 좀 더 명확한 방식을 탐색했다.

1848년 6월에 『유레카』가 출판되었다. 우울증에 걸린 포는 아편을 복용하고 자살을 시도하기도 했지만 죽지는 않고 단지 병들어 눕기만 했다. 포는 여류 시인 새라 휘트먼으로부터 자작시 몇 편을 동봉한 발렌타인 카드를 받았고, 점차 그도 그녀를 사랑하게 되었다. 두 사람은 1848년에 약혼했으나, 포가 부유한 딸의 재산을 탐내는 것으로 오해한 휘트먼 어머니의 반대로 결혼으로 이어지지는 못했다.

1849년 포는 다시 버지니아 주 리치몬드로 돌아갔다. 8월 17일에 그는 엑스체인지 호텔에서 자신의 문학 이론을 담은 평론 「시적 원리 *The Poetic Principle*」에 관한 강연을 했고, 「갈까마귀」를 낭송해달라는 초청도 수락했다. 사실 그 초대라는 것도 대부분 진정한 관심에서보다는 호기심에서 비롯된 것인 데다 마땅히 입고 나갈 옷도 없어 포는 그런 초대는 거절하곤 했다. 그는 한때 약혼까지 했었으나 지금은 부유한 미망인이 된 새라 엘마이러 로이스터를 다시 만나 그녀에게 구애했다. 죽기 전 포가 시도했던 애정 행각들은 아내 버지니아의 죽음으로 인한 심리적 공허감을 메워보려는 그의 필사적인 노력이었던 것처럼 보인다.

같은 해 9월에 포는 볼티모어로 가기 위해 작별 인사를 하러 새라를 방문했다. 새라의 말에 의하면, 그 당시 포는 몸이 좋지 않다고 투덜거렸으며 열이 높은 상태였다고 한다. 새라가 의사에게 가볼 것을 권해 포는 의사 카터의 진료실을 찾아갔지만 마침 부재중이어서 만나지 못했다. 포는 의식이 몽롱한 상태로 다음 날 아침 일찍 볼티모어행 증기선에 올랐다. 9월 28일 아침, 그는 볼티모어의 의사 네이선 C. 브룩스의 진료실에 거의 빈사 상태로 도착했다. 그런데 이곳에서도 의사가 부재중이어서 그는 진찰을 받지 못하고 다시 떠났다. 이후 그의 모습은 완전히 사라졌다.

볼티모어의 선거일이던 10월 3일, 「볼티모어 선」지의 식자공 워커가 '라이언의 술집' 밖 거리에 비를 맞고 쓰러져 있는 포를 발견했다. 포는 혼수상태로 워싱턴 대학 병원으로 실려 갔다. 이미 의식이 몽롱한 가운데 그는 환상 속에서 누군가와 대화를 하고 있었다. 살고자 하는 그의 의지를 북돋아주려고 의사는 며칠 후면 친구들과 같이 있게 될 거라고 그에게 말했다. 그러나 안타깝게도 그는 정신 착란 상태에 빠졌고, 그렇게 사흘 반을 고통 속에 지내다가 10월 7일 일요일 새벽 5시에 다음과 같은 마지막 말을 남기고는 영원히 눈을 감았다.

"신이시여, 내 불쌍한 영혼을 돌보소서!"

그리스월드는 「뉴욕 이브닝 트리뷴」지에 포의 장례식 공고문을 쓰면서 포가 과음으로 사망했다는 암시를 했다. 3년 후 아직도 포에게 제대로 복수를 하지 못했다고 생각한 그리스월드는 포와 휘트먼 부인과의 "부적절한 관계"를 넌지시 비추었고, 다른 정적들도 이 선례를 따랐다. 졸지에 포는 무신론자요 미친 사람이고 어쩔 수 없는 알코올 중독자이며 악의 화신이라는 선입관이 사람들 사이에 생겨났다. 그리스월드는 포의 문학적 유산 집행자가 되었으며, 포의 성격에 관한 자신의 판단이 옳은 것처럼 보이기 위해 여러 가지 기록을 왜곡했다. 그러자 휘트먼 부인은 1860년에 출간한 비평서 『에드가 앨런 포와 그의 비평가들』에서 포를 옹호했다. 그러나 한번 굳어진 포에 대한 부정적인 인상은 좀처럼 지워지지 않았다. 최근에 와서야 비로소 인간과 작가로서 균형 잡힌 포의 초상을 제시하는 작업이 시작되고 있다. 비방자들의 비판에도 불구하고 포는 오늘날 미국 낭만주의 시대의 위대한 작가들 중 한 명으로 추앙받고 있다.

2 장 ___ 작품론

Edgar Allan Poe

「모르그가의 살인 사건」

줄거리 분석

파리에서 화자는 제한된 수입으로 책들에 파묻혀 은둔 생활을 하고 있는 몰락한 귀족 가문 출신의 C. 오귀스트 뒤팽을 만난다. 화자는 뒤팽과 대화하는 동안 그가 때때로 내뱉는 말 속에 들어 있는 예리한 통찰력과, 혼란 속에서 진실을 찾아내는 이성적 추리력, 그리고 논리적으로 보이는 것 속에서 비논리적인 요소들을 찾아내는 상상력에 감탄한다. 이 세상에는 단순한 주의 집중을 필요로 하는 지적 활동과 진정한 통찰력을 특징으로 하는 지적 활동이 있는데, 뒤팽은 후자에 속한다고 화자는 말한다.

이렇듯 뒤팽은 상대방의 표정과 대화 중 무심코 던지는 상대방의 말에서 숨겨진 의도를 추측해낼 수 있는 사람이다. 뒤팽은 화자의 마음속 생각을 읽어내어 그를 놀라게 하는데, 이는 후에 코난 도일이 창조한 탐정 셜록 홈즈가 화자 왓슨의 마음을 읽어내어 놀라게 하는 장면의 시효가 된다.

스산하고 어두운 어느 가을날 저녁, 화자와 뒤팽은 석간신문을 보다가 두 여인이 살해된 살인 사건에 흥미를 갖게 된다.

죽은 두 여인은 파리의 모르그 거리에 위치한 4층 아파트에 살고 있는 마담 레스파네와 그녀의 딸 까미유였다. 딸의 시신은 벽난로 속 굴뚝 위로 밀어 넣어져 있었으며, 그 시신을 끌어내리는 데 장정 몇 사람이 동원되어야만 했다. 어머니의 시신은 머리가 몸통에서 거의 잘려 나간 상태로 건물 밖 뒤쪽에서 발견 되었다. 아파트는 잔뜩 어지럽혀져 있었고, 최근에 은행에서 찾아온 돈은 방 안에 그대로 있었으며, 금화와 물건들도 바닥에 아무렇게나 내동댕이쳐져 있었다. 창문은 닫힌 채 못질이 되어 있고, 문도 안에서 잠겨 있었다. 다양한 국적의 증인들은, 살해 현장에서 거친 목소리의 프랑스인이 언어를 식별할 수 없는 째지는 듯한 목소리의 다른 누군가와 다투는 소리를 들었다고 말했다.

사건 다음 날, 뒤팽은 범죄 현장을 찾아가 건물 주위를 샅샅이 조사한다. 그 다음 날, 뒤팽은 화자에게 자신이 지금 살인에 관련된 사람을 기다리고 있다고 말한다. 그를 기다리는 동안 뒤팽은 범죄에 관한 자신의 분석을 다음과 같이 설명한다.

즉, 범죄 현장에서 뒤팽은 창문 안쪽에 박혀 있는 못들 중 하나가 부러져 있어서 창문이 닫혀 있는 것처럼 보였다는 사실을 발견했다. 그리고 누군가 엄청난 힘을 가진 존재가 창밖으로 뛰쳐나가는 동안 창문이 저절로 잠기게 된 것이라는 사실도 알아냈다. 또 집 밖을 조사한 결과, 초인적인 힘과 기민함을 가진 누군가가 피뢰침을 이용해 창문까지 기어 올라갔다는 결론을 내렸다.

결국 뒤팽은 그 살인자가 사람이 아니라 오랑우탄이라고 추리한다. 인간이라면 그와 같은 초인적인 힘을 가질 수가 없다는 것이다. 그 증거물로 그는 죽은 여자의 손에서 가져온 오랑우탄의 털을 화자에게 내보인다. 그리고 어제 신문사에 들러 탈출한 오랑우탄을 잡았으며 주인이 연락할 때까지 데리고 있겠다는 신문 광고를 냈다면서, 신문에 난 그 광고도 화자에게 보여준다. 잠시 후 어떤 선원이 주저하며 문 앞에 나타난다. 겁에 질린 그 선원은 뒤팽이 이미 모든 것을 다 알고 있다는 사실에 기가 죽어 사건의 전말을 털어놓는다. 사연인즉 이러하다.

선원은 보르네오에서 오랑우탄을 잡아 파리로 데려왔다. 어느 날 오랑우탄은 선원의 면도칼로 면도하는 흉내를 내다가 선원에게 들키자 그의 채찍이 두려워 면도칼을 든 채 거리로 달아났다. 놀란 선원이 뒤쫓아 가자, 오랑우탄은 어느 아파트를 기어 올라가서 아직 자지 않고 있던 모녀에게 다가갔다. 마침 화장대 거울을 본 오랑우탄은 두 사람에게 면도를 해주려고 접근했다. 그러나 공포에 질린 모녀가 비명을 지르며 반항하자 당황한 오랑우탄은 그만 그들을 죽이고 말았다. 뒤쫓아 온 주인은 그 끔찍한 광경에 놀라 도망치고, 오랑우탄도 주인에게 혼날 것이 두려워 황급히 뛰쳐나가는 바람에 무거운 창문이 덜컥 내려와 안쪽에서 잠긴 것처럼 된 것이다.

경찰청장은, 뒤팽이 범죄를 해결했다는 사실을 알자마자 놀라는 한편 그를 질투한다. 뒤팽은 경찰청장이 너무나 단순한 나머지 깊은 생각을 할 수 없는 사람이라고 결론을 내린다. 파리 역사상 가장 엽기적인 살인 사건은 이렇게 뒤팽의 뛰어난 창의적 추리력으로 해결된다.

「모르그가의 살인 사건」 어떻게 읽을 것인가?

문학 사상 최초의 탐정 어거스트 뒤팽이 등장하는 「모르그가의 살인 사건 *The Murders in the Rue Morgue*」은 세계 최초의 밀실 살인을 다룬 추리소설이다(참고로 세계 최초로 지문을 이용하여 사건을 해결하는 소설은 마크 트웨인의 『바보 윌슨』으로, 이 소설에서 아마추어 탐정 윌슨은 어린 시절 찍어놓은 아이들의 지문을 이용해 백인 농장주의 아들과 흑인 노예의 아들의 뒤바뀐 신원을 밝혀낸다). 포가 탐정을 외국인으로 설정했던 이유는 당시 미국은 아직 추리소설이나 미국인 탐정을 받아들일 만한 풍토가 아니었기 때문이라고 알려져 있다. 그래서 포의 추리소설의 배경은 대부분 외국이거나 이국적인 분위기로 설정되어 있다.

파리의 모르그가('모르그'는 적절하게도 '시체 공치소'라는 의미)에서 엽기적인 살인 사건이 일어난다. 두 모녀가 끔찍하게 살해당해 시체 하나는 방 안에, 또 하나는 창밖에 던져져 있는데, 문과 창문은 모두 안에서 잠겨 있는 이른바 밀실 살인이 벌어진 것이다. 그렇다면 범인은 도대체 어디로 증발했단 말인가? 범인은 돈에는 손도 대지 않았다. 그렇다면 범인은 왜 모녀를 살해했단 말인가? 파리 경찰청은 아무런 단서도 발견하지 못하고 사건은 미궁에 빠진다.

목격자는 아무도 없었으나 범행 당시 그 방에서 들려오는 범인의 짤막한 외침을 아래층에서 들은 사람들이 있다. 그들의 진술은 신문에 보도되는데, 프랑스인은 그 소리가 스페인어 같았다고 하고, 네덜란드인은 그것이 프랑스어가 틀림없었다고 한다. 또 영국인은 범인이 독일인 같았다고 진술하며, 스페인 사람은 자기가 들은 말이 영어 같았다고 말한다. 마지막으로 이탈리아인은 범인의 말이 러시아어처럼 들렸다고 주장하며, 제2의 프랑스인은 그것이 이탈리아어 같았다고 회상한다. 그런데 증인들은 모두 자기가 들었다고 주장하는 그 외국어를 모르는 사람들이다. 그들의 증언을 정리해보면 다음과 같다.

프랑스인 1-스페인어

네덜란드인-프랑스어

영국인-독일어

스페인인-영어

이탈리아인-러시아어

프랑스인 2-이탈리아어

여기서 주목할 것은, 청중 여섯 명이 동일한 소리를 놓고 제각기 다른 해석을 내리고 있다는 점이다. 일견 그것은 극도의 혼란 외에는 아무것도 아닌 것처럼 보인다. 그러나 뒤팽은 바로 그 혼란 속에서 진실을 발견해낸다. 즉, 만일 그렇다면 범인은 사람이 아님이 분명하다는 것이다.

이런 맥락에서 이 단편은 현대 문학 이론인 '독자반응비평' 이론과 긴밀하게 부합된다. '독자반응비평' 이론에 의하면, 모든 텍스트에는 단 하나의 진실만이 있는 것이 아니라, 독자들의 경험과 배경에 따라 각기 다른 해석이 가능한 여러 개의 진실이 들어 있다. 과연 살인범의 소리를 들은 위의 증언자들을 문화적 배경이 서로 다른 여섯 명의 독자에 비유해 본다면, 그들이 하나의 텍스트(즉 범인의 목소리)에 대해 자신들의 독특한 경험과 배경을 이용하여 각기 다른 반응을 보이고 있음을 알 수 있다.

그러나 문제는, 진실은 여전히 사건이 일어난 방 속에 밀봉되어 있거나(그 방은 실제로 밀폐되어 있었다), 아니면 영원히 사라져 버렸다는 데 있다(실제로 범인은 그 밀폐된 방에서 사라져 버렸다). 그렇다면 그들의 각기 다른 반응과 해석은 '진실'을 찾지 못한 채 다만 의혹과 혼란만을 극대화시키는 결과를 초래한 셈이 된다. 결국 그 날카로운 목소리의 주인공 즉 범인은 사람이 아니라 오랑우탄이었음이 밝혀진다. 그렇다면 그 여섯 사람이 그렇게 강력하게 주장한 다양한 해석들은 표면적으로는 혼란스런 오답처럼 보이지만, 궁극적으로는 사건 해결을 위한 중요한 열쇠가 된다.

다시 말해 범인이 오랑우탄임을 밝혀내는 데 중요한 단서는 그 실마리—6인의 각기 다른 증언—이며, 그 실마리는 곧 신문(여기서 신문은 자유 언론과 사실 보도의 상징이다)에 발표된 여섯 명의 각기 다른 반응과 해석이다. 만일 이 여섯 명의 각기 다른 해석이 없었던들 뒤팽은 결코 진리에 도달하지 못했을 것이다. 그렇다면 '독자반응비평'은 스스로의 문제점(표면적 혼란) 속에 구원책을 갖고 있는, 그리고 스스로의 혼란 속에 질서를 갖고 있는 비평 이론이라고 할 수 있다.

비록 아직 '독자반응비평' 이론을 몰랐어도, 시대를 앞서 살았던 선각자였던 포는 독자반응비평이 갖는 중요성을 오래 전에 이미 간파하고서 자신의 작품 속에 그것을 구현했던 것처럼 보인다. 오늘날 독자반응비평에 우리가 거는 기대와 전망 또한 크다. 우선 그것은 절대적이고 폭군적이었던 저자의 권위에 도전하여 독자에게 참여권을 주는 동시에 인간의 차이를 인정하게 했다. 또 그것은 독자와 저자 사이의 커뮤니케이션을 시도했다는 점에서, 그리고 다양성과 포용성을 내세운다는 점에서도 기대되는 바가 크다. 독자반응비평은 또 해석의 가능성을 확대시켰으며, 텍스트에 존재하는 것 이상의 것을 찾아내도록 독자에게 동기 유발과 창의력을 허용한다는 점에서도 중요한 문학 이론으로 남게 되었다.

등장인물

C. 어거스트 뒤팽 : 뒤팽 이후 셜록 홈즈(코난 도일의 탐정), 에르퀼 포와르(애가서 크리스티의 탐정), 페리 메이슨(미국 추리 작가 얼 스탠리 가드너의 변호사 탐정), 아르센 뤼팽(프랑스 작가 모리스 르블랑의 괴도 겸 탐정) 등과 같은 유명한 탐정의 원형이다. 뒤팽은 사실과 논리적 분석에 뛰어난 인물이다. 그렇다고 탁월한 이성적 능력만을 지닌 싸늘한 인간은 아니

다. 그는 자유분방한 상상력과 시적 감수성을 지닌 따뜻한 시인이기도 하다. 뒤팽의 가장 큰 매력은 사실에 기초하여 인간의 행동과 동기라는 얽히고설킨 실타래를 풀어내는 능력과, 추상적인 사실로부터 현실적인 결론을 내리는 뛰어난 상상력이다. 포의 다른 주인공들처럼 뒤팽은 세상으로부터 은둔한 사람이며, 이국적이고 특이한 것으로부터 자신의 지적 영양분을 취하는 지식인이다. 무엇보다도 그는 마음이 열려 있고 깨어 있으며, 사물에 대한 인식력 또한 강한 사람이다. 경찰청장이 풀지 못하는 미스터리를 그가 풀 수 있었던 것도 그의 뛰어난 인식의 힘 때문이다. 그는 다른 사람들이 보지 못하는 것을 볼 수 있는 능력을 갖고 있다.

그러나 뒤팽에게는 인간 사회를 바꾸고자 하는 욕망은 없다. 사실 뒤팽은 인간 사회를 거의 의식하지 않고 그 자신만의 특별한 조사와 지적인 삶에 둘러싸인 은자(隱者)와도 같은 삶을 살고 있다. 그가 사회에 연루될 때는 단지 그의 자만심을 만족시키기 위해서이거나, 다른 어떤 사람도 풀 수 없는 문제를 해결하기 위해서이다. 오직 그때만 이 은자는 일상생활이라는 실제 세계에 자신을 연루시킨다. 코난 도일의 셜록 홈즈 역시 자신이 뛰어나다는 자부심으로 일한다는 점에서는 뒤팽과 비슷하지만, 그래도 홈즈에게는 '범죄로부터의 영국 사회 보호'라는 사명 의식이 있다.

집필 배경 및 작품 구성

「모르그가의 살인 사건」을 쓸 당시 포는 「필라델피아 선」 지에 실린 뉴욕의 한 살인 사건에서 이 작품의 아이디어를 얻었다고 알려져 있다. 한 흑인이 예리한 면도칼로 여자의 목을 잘랐던 이 사건은 당시 충격적인 반향을 불러일으켰다. 포는 이 작품에서 살인범을 흑인이 아닌, 외국에서 온 오랑우탄으로 바꾸어놓았다. 그로 인해 포는 간혹 비판을 받기도 하는데, 이 작품에서 흑인과 오랑우탄의 이미지가 서로 뒤섞이고 있기 때문이다.

물론 그러한 설정이 포가 곧 인종 차별주의자였다는 것을 의미하지는 않는다. 오히려 그 오랑우탄은 마치 문명 세계로 잡혀온 킹콩처럼 아무런 악의 없이 우연한 실수로 사람을 죽이는 것으로 설정되었기 때문이다. 그렇다면 죄는 오히려 그 유인원을 문명 세계로 데려온 사람들에게 있다고 볼 수 있다. 「모르그가의 살인 사건」에서도 잘못은 오랑우탄이 아니라 그를 파리로 데려온 선원에게 있다. 다만 그 선원 역시 직접적인 죄가 없기 때문에 뒤팽은 그를 기소하지는 않는다.

이 작품에 관련된 몇 가지 중요한 자료가 또 있다. 예컨대 포는 1838년 가을에 문예지 『버튼스 젠틀맨스 매거진』에 연재되었던 『프랑스 경찰청장 비독의 알려지지 않은 삶 4』를 읽은 바 있으며, 아마도 그것이 「모르그가의 살인 사건」을 집필하는 데 도움을 준 것으로 보인다. 오랑우탄의 모티프는 월터 스코트의 작품 『파리의 로베르 백작』에서 가져왔을 수도 있는데, 스코트의 이 작품에서 오랑우탄의 소리는 어떤 외국인의 알 수 없는 언어로 오인되고 있다. 또 한편으로 포가 삽지 『슈루스베리 연대기』 1834년 7월호를 보았을 수도 있는데, 여기에는 비비원숭이를 도시로 데려와 매우 높은 곳에까지 올라가 도둑질을 하도록 가르친 떠돌이 흥행사에 관한 이야기가 나온다. 「모르그가의 살인 사건」에서 오랑우탄 역시 높은 건물을 타고 올라가 우발적인 살인을 저지른다. 포는 이 모든 자료로부터 「모르그가의 살인 사건」의 스토리를 구성한 것으로 보인다.

포가 생각해낸 독창적인 개념이란, 경찰들이 풀지 못한 범죄를 해결하는 데 도움을 주는 지적 능력과 섬세함을 지닌 사람을 설정한 것이며, 이 개념은 곧 현대 탐정소설의 시작이 되었다. 「모르그가의 살인 사건」과 그 후속 작품인 「마리 로제의 수수께끼」「도둑맞은 편지」는 바로 최초로 탐정의 등장을 알리는 고전적 작품에 속한다. 탐정은 언제나 자신보다 지적으로 다소 뒤떨어지지만 항상 충실하고 헌신적인 동료이자 조수를 필요로 하며, 그들은 함께 당국이 하지 못한 일을 해낸다. 처음부터 실패하도록 운명 지워진 경찰은 결코 성공하지 못할 노력을 통해 독자들을 웃기고 탐정의 등장을 정당화시킨다.

포가 창조해낸 탐정소설은 독자에게 지속적인 흥미를 유발하도록 아주 잘 짜여 있다. 탐정소설은 인간 본성만큼 복합적이며, 범죄의 다양성과 그 실행 및 해결 방법만큼이나 그 가능성이 무한한 장르이다. 포가 시작한 탐정소설의 가능성을 충분히 실현시킨 작가로는 아서 코난 도일을 들 수 있다. 그는 포가 만들어놓은 틀을 십분 이용하여 탐정소설의 지평을 확대했다. 이를테면 탐정의 동료이자 이야기를 이끌어가는 화자인 왓슨의 설정이 그 하나이고, 마지막에 천재 탐정에 의해 언제나 의표를 찔리는 스코틀랜드 야드(영국 런던 경찰청의 별칭)의 무능한 레스트레이드 경감이 다른 또 하나이다. 왓슨은 포의 화자와 병치되고, 레스트레이드 경감은 포의 무능한 파리 경찰청장과 비교된다.

「도둑맞은 편지」

줄거리 분석

비바람 치는 파리의 어느 가을밤, 화자와 뒤팽이 파이프 담배를 피우며 명상을 즐기고 있는데 파리 경찰청장이 찾아온다. 경찰청장은 자기를 곤경에 빠뜨린 편지 도난 사건을 설명하며 뒤팽의 도움을 청한다. 도난당한 편지는 프랑스 왕실의 최고위층 여성의 것으로, 그녀가 모 귀족과 연애 중이라는 내용이 들어 있다. 그런데 그 편지를 훔쳐간 D장관이 그것을 미끼로 그녀에게 정치적 압력을 행사하고 있다. 게다가 그는 그 고귀한 신분의 여성이 편지를 도둑질해 간 장본인이 자기라는 사실을 알고 있다는 것도 알고 있다.

그 고귀한 신분의 여성은 경찰청장에게 도둑맞은 편지를

되찾아줄 것을 부탁한다. 경찰청장이 직면한 문제는 그 편지를 되찾아오는 것이다. 경찰청장은 D장관이 외출했을 때 그의 아파트에 들어가 편지를 감추어둘 만한 장소를 찾아 가구며 벽을 세밀히 살피고 심지어는 마루나 지하실 바닥까지 샅샅이 뒤져보았으나 헛수고였다고 말한다. 경찰청장은 뒤팽에게, 만약 뒤팽이 그 편지를 성공적으로 되찾아온다면 상당한 액수의 보상금을 주겠다고 제안한다. 경찰청장은 편지의 생김새를 설명하고 떠난다.

한 달 후, 경찰청장은 뒤팽의 서재에 나타나 뒤팽에게 5만 프랑짜리 수표를 보상금으로 주고 문제의 편지를 건네받는다. 뒤팽은 D장관을 두 차례 방문하여 경찰이 발견하지 못한 그 편지를 찾아온 것이다. 뒤팽은 화자에게 그 도둑맞은 편지를 되찾아온 (사실은 도둑질한) 경위를 이렇게 설명한다.

뒤팽은 D장관을 방문하기 전, 편지는 틀림없이 비밀 금고 같은 곳에는 숨겨져 있지 않을 것이라고 확신한다. 수학자이자 시인으로 알려진 장관이니만큼 만약 편지가 다른 서류들과 함께 흩어져 있다면 사람들의 관심을 끌지 않으리라고 가정했을 것이고, 뒤팽 자신도 그렇게 했으리라는 결론을 내린다. 그렇다면 편지는 오히려 수사관들의 허를 찌르는, 너무나 개방되어 있어서 경찰이 전혀 신경을 쓰지 않을 만한 곳에 아무렇게나 놓여 있을 것이었다.

뒤팽은 D장관을 방문하는 동안, 벽난로 위 서류꽂이에서 지저분하고 꾸깃꾸깃한 편지 하나를 보게 된다. 장관은 꼼꼼하고 깔끔한 성격으로 알려진 사람이 아닌가. 그러한 정황으로 미루어보아, 뒤팽은 이 편지가 별로 중요하지 않는 것처럼 보이도록 의도적으로 아무렇게나 공개해놓았다는 느낌을 받는다. 뒤팽은 일부러 코담배 갑을 남겨두고 장관의 집을 나온다.

다음 날, 문제의 편지와 똑같이 생긴 편지를 준비한 뒤팽은 코담배 갑을 찾으러 왔다는 핑계로 다시 D장관의 숙소를 방문한다. 뒤팽은 장관의 집 창문 바로 아래 있는 거리에서 큰 소란이 일어나도록 미리 계획을 세워놓는다. 시끄러운 소리가 들리자 경계심 많은 장관은 즉시 창문가로 다가가 무슨 일인지 확인한다. 바로 그 순간 뒤팽은 서류꽂이에서 편지를 훔친 뒤, 미리 준비해간 똑같은 편지를 그 자리에 놓아둔다. 장관은 편지가 도둑맞은 줄도 모르고 계속해서 그 고귀한 왕실의 여인을 협박할 테고, 그로 인해 정치적인 파멸을 맞게 될 것이다. 도둑맞은 편지는 다시 도둑맞고, 장관이 고귀한 여인에게 그랬던 것처럼 뒤팽 자신도 장관을 속인 것에 큰 즐거움을 느낀다.

「도둑맞은 편지」 어떻게 읽을 것인가?

포의 「도둑맞은 편지 *The Purloined Letter*」는 흔히 "진실

은 멀리 있지 않고 가까이 있다." 또는 "진실은 너무 가까이 있어서 잘 보이지 않는다."라는 교훈을 위해 자주 인용된다. 경찰이 아무리 이 잡듯 뒤져도 찾을 수 없었던 '도둑맞은 편지'는 실은 모든 사람이 볼 수 있는 응접실의 서류꽂이에 꽂혀 있었기 때문이다.

동시에 이 작품은 "탐정과 도둑은 종이 한 장 차이일 뿐 사실은 동일인일 수도 있다."라는 21세기 포스트모던 인식을 드러내주는 경우로도 흔히 언급된다. 뒤팽 탐정은 편지를 훔쳐간 범인과 자신을 동일시해서 범인의 마음을 읽어내어 편지의 행방을 알아내기 때문이다. 천재 작가 포는 초기 탐정소설에서 이미 탐정과 범인이 같은 인물일 수도 있고, 서로를 비춰주는 거울의 이미지로서 피차 자신의 '또 다른 자아'일 수도 있다는 놀라운 사실을 제시해주고 있다.

「도둑맞은 편지」 역시 「모르그가의 살인 사건」처럼 '독자 반응비평' 이론을 은유적으로 잘 보여주고 있는 작품이기도 하다. 그런 맥락에서 보면 이 단편의 주제는 잃어버린 텍스트 (편지)를 되찾는 것이다. 사악하고 폭군적인 D장관은 고귀한 신분의 숙녀(아마도 왕비)로부터 그녀를 파멸시킬 수도 있는 편지(아마도 연애편지) 한 통을 훔친다. 파리 경찰청의 경찰청 장은 왕비의 부탁을 받고 몰래 장관의 숙소를 샅샅이 뒤지지 만 끝내 그 편지를 발견하지 못한다.

결국 파리 경찰청장의 부탁을 받은 뒤팽 탐정은 눈이 나쁜 척 안경을 쓰고 D장군을 방문하여 그를 일단 안심시킨 후, 장관이 그 편지를 밀실에 감추지 않고 오히려 모든 사람이 잘 볼 수 있는 서류꽂이에 아무렇게나 놓아둔 것을 발견한다. 이튿날, 장관을 다시 찾아간 뒤팽은 계획대로 자신의 부하가 창밖에서 소란을 피우고 장관이 그것에 정신이 팔려 있는 동안, 미리 준비해간 가짜 편지와 진짜 편지를 바꿔치기 한다.

이 이야기에서 우선 생각할 수 있는 것은 D장관과 저자의 연계성이다. 그렇다면 편지(여기서 'letter'는 커뮤니케이션을 의미하는 '편지' 외에도 '언어', 더 나아가 텍스트를 이루는 '글자'를 뜻한다)를 잃어버린 왕비는 독자라고 생각할 수도 있고, 아니면 예술이나 미(美)를 상징한다고 볼 수도 있다. 또 뒤팽 탐정은 '독자반응비평' 그 자체 또는 평론가라고 볼 수 있을 것이다. 그러한 맥락에서 이 작품을 해석해보면(사실은 그렇게 하는 것 자체가 이미 '독자반응비평'을 하고 있는 셈이지만), 이 단편은 도둑맞은 텍스트를 놓고 벌이는 저자와 독자 사이의 팽팽한 대결 과정을 그린 이야기라고 볼 수도 있다.

텍스트를 되찾는 것은 경찰(즉 법, 질서, 관료주의, 이성)의 힘으로는 불가능한 작업이다. 그것은 그러한 것들을 초월한, 여러 면에서 범인과 비슷한 탐정(즉 무법, 무질서, 비이성)의 힘에 의해서만 가능한 것이다(범인과 탐정은 사실 둘 다 경찰을 조롱하는 무법자이다). 일견 무법과 무질서, 비이성을 그 특성으로 하는 것 같은 '독자반응비평'이 숨은 저력과 가능성을 갖게 되는 것도 다름 아닌 바로 그러한 연유에서이다.

바로 이 시점에서 우리의 주목을 끄는 것은 도둑맞은 텍스트를 다시 되찾는 방법이다. 그 편지는 은밀한 곳에 감추어져 있지 않고 오히려 모든 사람이 볼 수 있는 공개된 곳에 아무렇게나 놓여 있다. 그리고 뒤팽 탐정이 편지를 바꿔치기할 수 있었던 것도 역시 D장관이 밖에서 나는 시끄러운 소리에 정신을 팔았기 때문에 가능하다. 편지를 회수할 수 있게 해준 직접적인 요인 중 하나는 바로 '밖'에서 들려온 "일련의 시끄러운 비명과 군중의 고함 소리"이다. '밖'에서 들려온 고함 소리는 물론 뒤팽 탐정이 시킨 것으로, 텍스트를 다시 되찾기 위한 독자들의 고함 소리에 비유해볼 수도 있다.

포의 「도둑맞은 편지」를 읽는 또 다른 방법은 이 작품을 '분열된 자아' 내지 '더블'의 주제로 읽는 것이다. 뒤팽 탐정과 D장관은 처음부터 강렬한 유사점을 가진 인물, 동일인, 또는 형제나 부자지간의 이미지로 제시되고 있다. 도둑맞은 편지를 찾을 수 있는 방법을 묻는 화자에게 뒤팽은 이렇게 대답한다.

그러나 나는 그가 수학자이자 시인이라는 사실을 알고 있었지.

그래서 그의 상황을 내 상황과 일치시켜보았던 거야. 나는 또 그자가 궁중을 출입하는 대담한 음모꾼이라는 것도 잘 알고 있었다네. 그런 사람이 경찰의 상투적인 움직임을 모를 리가 없지. 그는 자신이 경찰의 감시를 받고 있다는 것을 잘 알고 있었고, 또 나중에 그게 사실로 드러났다네. 그는 경찰이 자기 숙소를 뒤진다는 사실도 잘 알고 있었지. 그가 밤에 자주 숙소를 비운 것도—경찰은 속도 모르고 좋아했겠지만—경찰로 하여금 충분히 뒤져서 편지가 기기에 없다는 결론을 내리도록 하기 위한 수작이었지. 내가 방금 말한 바로 그러한 생각이 장관의 마음에 그대로 일어났던 걸세.

　D장관과 마찬가지로 시인이자 수학자였던 뒤팽은 자신과 장관을 동일시함으로써 장관의 마음을 읽어내는 데 성공한다. 시인이 창조자이고 수학자가 해결사라면, 시인이자 수학자인 장관은 창조자이자 해결사이다. 창조자이자 해결사가 벌여놓은 일은 오직 또 다른 창조자이자 해결사만이 알아낼 수 있고 처리할 수 있다. 시인(창조자)을 우습게 보는 경찰청장이 장관의 적수가 되지 못하는 것은 너무나 당연한 일이다. 그러나 뒤팽은 장관처럼 시인이고 수학자이다. 뒤팽이 장관이 감추어놓은 편지를 어렵지 않게 찾을 수 있는 이유도 바로 두 사람이 서로 비슷한 '더블'이기 때문이다. 과연 뒤팽

(Dupin)과 D장관은 둘 다 이름 첫자가 알파벳 'D'로 시작되는 공통점을 갖고 있다. 포는 두 사람이 사실은 동일인, 형제, 또는 한 사람의 분열된 자아일 수도 있음을 이름을 통해 간접적으로 암시하고 있는 것이다.

프랑스 심리분석가 자크 라캉은 포의 「도둑맞은 편지」를 분석하면서, 편지는 두 번 도둑맞는데 그 패턴이 매우 비슷하다면서, 다음과 같이 말하고 있다.

첫 번째 도둑맞은 편지

　A. 왕—편지를 보지 못함.

　B. 왕비—편지를 아무렇게나 던져놓음으로써 아무도 보지 못한다고 생각함.

　C. D장관—편지를 발견하고 훔쳐감.

두 번째 도둑맞은 편지

　A. 경찰청장—편지를 보지 못함.

　B. D장관—편지를 아무렇게나 던져놓음으로써 아무도 보지 못한다고 생각함.

　C. 뒤팽—편지를 발견하고 훔쳐감.

위 도표에서 알 수 있는 것 역시 뒤팽과 D장관은 똑같은 편지 도둑이며 똑같은 수법을 사용하고 있다는 것이다. 남편의 관심을 끌지 않기 위해 왕비가 탁자 위에 아무렇게나 던져놓은 편지를 장관은 가짜 편지를 대신 그 자리에 놓고 가져가며, 뒤팽 역시 장관이 사람들의 시선을 끌지 않기 위해 서류꽂이에 아무렇게나 던져놓은 편지를 훔치고 대신 가짜 편지를 그 자리에 꽂아놓는다.

그 가짜 편지에 뒤팽은 도둑맞은 편지를 훔쳐간 사람에 대한 단서를 달아놓는다. 다시 말해 뒤팽은 크레비용의 비극 『아트레』의 한 구절을 인용해 "그렇게 사악한 음모, 만일 아트레에게 어울리지 않는다면 타이에스테에게는 어울리리라."는 대사를 써놓는다. 고대 신화에서 타이에스테는 형 아트레의 아내 아에로페와 불륜의 관계를 맺는다. 이에 격분한 아트레는 타이에스테를 연회에 초청한 다음, 타이에스테의 아이들을 죽여서 만든 요리를 먹인다. 뒤팽은 전에 비엔나에서 D장관으로부터 당한 수모를 이제 복수하는 것이고, 위 구절은 장관에게 자신의 정체를 밝히는 실마리를 제공한다. 신화에서 아트레와 타이에스테가 유명한 원수지간의 형제라는 점을 감안하면, 포는 다시 한 번 뒤팽과 장관이 형제일 수도 있다는 암시를 하고 있는 셈이다. 더욱이 포는 화자의 입을 통해 장관에게는 똑같이 문명(文名)을 날리는 형제가 있다고 말하는데, 이 또한 뒤팽이 장관의 형제일 수도 있다는 점을 시사해주고 있다.

뒤팽은 또 가짜 편지의 봉투에 빵으로 만든 'D'라는 도장을 찍는데, 이는 프랑스어로 '뒤팽(du pain)'이 '빵으로'라는 의미임을 생각하면 대단히 상징적인 것이다. 즉, 뒤팽은 그 빵 도장으로도 자신의 정체를 간접적으로 알리고 있기 때문이다. 그래서 「도둑맞은 편지」는 단순한 추리소설을 넘어 분열된 자아의 대립, 즉 자신의 또 다른 모습에 대한 복수로도 읽힐 수 있는 것이다.

등장인물

C. 어거스트 뒤팽

이 작품에서 뒤팽은 상황을 완전히 장악하고 통제하는 유능한 인물로 등장한다. 그는 마치 어린아이를 다루듯 경찰청장을 대하고, 자신이 유명해서 경찰이 제 발로 찾아와 도움을 요청해야만 한다는 사실에 만족해하며 질문에 대한 해답을 제시한다.

뒤팽은 상황을 어렵게 만드는 것이 오히려 사건의 단순함 때문이라고 경찰청장에게 말한다. 뒤팽이 등장하는 다른 두 편의 이야기에서 겉으로 보기에는 무관한 것들의 중요성을 알아차리는 데 이미 익숙해진 독자들은 또다시 뒤팽에게 그런 능력을 기대하게 된다. 뒤팽은 화자에게 성공의 비결은 운이나 심오한 분석력이 아니라 상대방의 지력을 파악하고 범죄의 과정을 정확하게 재구성할 수 있는 능력이라고 말한다.

경찰청장

「모르그가의 살인 사건」과 「마리 로제의 수수께끼」에서처럼 「도둑맞은 편지」에서도 경찰청장은 별로 깊이가 없는 인물로 묘사된다. 경찰청장은 자신이 이해하지 못하는 모든 것을 "이상하다"라는 말로 표현한다. 이 작품에서 경찰청장은 말주변이 좋기는 하지만 단순한 인물로 그려진다. 경찰청장은 D장관을 평가절하하지만, 그는 결코 D장관의 지력을 따라갈 수 없기 때문에 뒤팽과는 달리 장관의 마음을 읽어내지 못한다. 그는 장관이 시인이기 때문에 완전한 바보는 아니고 바보의 이웃사촌쯤으로 여긴다. 후에 경찰청장은 도둑맞은 편지를 뒤팽에게 건네받을 때도 즐거움에 가득 찬 표정으로 인사 한마디 없이 방을 나가버린다. 이렇듯 경찰청장은 즉각적이고 단순한 사람이다.

집필 배경 및 작품 구성

「도둑맞은 편지」는 포의 탐정소설 중 가장 잘 짜인 성공작으로 알려져 있다. 포는 자신의 유명한 단편소설 이론에 입각하여 이 소설을 썼다. 그의 이론에 따르면, 단편소설에는 그 어떤 불필요한 부분도 없어야 한다. 다시 말해 모든 것은 플롯의 진행에 직접적으로 기여해야 하고, 그렇지 않으면 아예 없어져야 한다는 것이다. 포에 의하면, 단편은 장편의 축소판이어서도 안 되고, 단편을 늘여놓은 것이 장편소설이어서도 안 된다. 즉, 단편 속에 모든 것을 다 집어넣으려 해서는 안 되고, 어느 한순간을 잡아내어 촌철살인의 묘미를 주는 것이 가장 바람직하다는 것이다.

포의 탐정소설들은 설명이 나오기도 전에 이미 행동이 끝나버리기 때문에 이야기 구성에 관한 포 자신의 이론을 스스로 위반하고 있다고 비판하는 사람들도 있다. 즉, 포의 추리소설에서는 행동이 이미 끝나고 나서 비로소 뒤팽의 설명이 이야기의 끝을 담당하고 있는데, 사실 사건을 해결하는 행동이 맨 마지막에 나와야 하지 않느냐는 주장이다.

반면에 탐정소설에서는 이성적인 설명이 행동보다 더 중요하고, 그런 의미에서 사건 해결 설명이 마지막에 오는 것이 타당하다는 의견도 많다. 그러니까 포의 설명 방식이 이야기의 마지막 부분에 오는 경향이 있는 것은 사실이지만, 그 설명은 화자가 알고 있는 행위에 관한 사후 설명이기에 타당성이 있다는 것이다. 안락한 서재에 앉아 뒤팽은 자신의 분석 방법을 한 단계 한 단계 화자에게(결국은 독자에게) 설명해나간다. 그러한 형태의 추리소설들이 포의 최고작으로 꼽힌다는 점은 그의 단편에 대한 비판에도 불구하고 그의 방법이 성공적이었다는 충분한 증거가 된다.

자신의 탐정소설 세 편 모두에서 포는 수수께끼를 해결하는 데 과학자의 분석력뿐만 아니라 시인의 상상력도 필요하다고 말한다. 그렇다면 이러한 포의 생각이 「도둑맞은 편지」의 틀 구성에는 어떻게 작용하고 있는가?

D장관은 시인이자 수학자이므로 뒤팽의 가장 무서운 적수이다. 시적 상상력을 비웃는 경찰청장은 D장관의 상대가 되지 못한다. 경찰청장은 자신의 틀 안에서 사고할 수밖에 없고, 따라서 그 자신보다 더 정교한 마음을 지닌 D장관의 깊이를 헤아릴 수 없는 것이다. 뒤팽은 만약 장관이 단순히 수학자이기만 하다면 그의 방법이 기계적이어서 기계적인 완벽함으로 움직이는 경찰청장에게 노출될 것이라고 말한다.

범죄의 수수께끼를 즉시 해결하기 위해서는 논리와 과학 외에도 사람의 성격에 관한 통찰력도 갖추어야 한다. D장관은 경찰청장이 어떻게 할지를 즉시 파악하고는 그를 혼란에 빠뜨릴 수 있는 방법으로 편지를 보관한다. 그는 뒤팽처럼 상상 속에서 적의 마음을 읽어낼 수 있는 능력을 갖고 있다. 그는 나중에 뒤팽이 자신에게 사용해 성공을 거둔 방식으로 경찰청장을 다루어 청장을 무력화시키는데 성공한다. 직관적인 진실이 순수하고 분석적인 이성의 진실보다 훨씬 우월하다는 것은 포가 살던 시대의 자명한 원리였는데, 이런 생각을 포는 자신의 추리소설에서 만들어냈다.

포는 또 뒤팽이 선지전능하다는 것을 보여주기 위해 언어와 문학, 그리고 잘 알려지지 않은 제목과 이름에 관한 지식들을 십분 활용하고 있다. 예컨대 뒤팽은 라틴어 구절을 인용하는데, 포 당대에 라틴어를 안다는 것은 해박한 지식인의 상징이었다. 그는 뒤팽으로 하여금 미분학에 대해 언급하게 하며, 크레비용의 비극 『아트레』도 인용하게 하고, 문학적인 비유 및 수학적이고 언어학적인 것들까지도 언급하게 함으로써 독자들로 하여금 뒤팽의 해박한 지식에 관해 깊은 인상을 갖게 만든다.

「아몬틸라도의 술통」

줄거리 분석

몬트레소는 포츄나토에게 모욕을 받고 복수를 맹세한다. 몬트레소는 복수를 완벽하게 하기 위해서는 응징하는 사람이 다시 보복당해서도 안 되고, 복수 당하는 사람이 자신에게 복수하는 사람이 누구인지를 알아야만 한다고 말한다. 포츄나토가 자칭 대단한 포도주 감정가라고 떠벌리고 다닌다는 사실을 안 몬트레소는 적의 바로 그러한 자만심을 역이용해 복수할 계획을 꾸민다. 모두가 즐거워하며 술에 취해 있는 사육제 기간 동안, 몬트레소는 포츄나토를 길에서 만나 그에게 귀한 아몬틸라도 포도주 한 통을 구했다고 자랑하면서, 함께 자기 집 지하실에 있는 포도주 저장고로 가서 그 맛을 감정해달라고 부탁한다.

몬트레소는 포츄나토가 아부에 약한 성격임을 알고 있다. 마치 뒤팽이 사건을 풀어나가듯, 몬트레소는 빈틈없이 포츄나토에 대한 복수를 계획한다. 몬트레소는 먼저 포츄나토에게 조언을 구함으로써 그의 자만심에 호소한다. 포츄나토가 미처 대답도 하기 전에 몬트레소는 그에게 사육제 일로 바쁠 것 같아서 대신 루크레시를 찾아가던 길이라며 포츄나토의 자만심을 건드린다. 자존심에 상처를 입은 포츄나토는 포도주 감정 능력이 없는 루크레시보다는 자신이 적임자라고 말함으로써 몬트레소가 던져놓은 미끼를 덥석 물어버린다.

아무것도 모르고 그 제의를 수락한 포츄나토는 몬트레소의 집으로 가 지하 포도주 저장고로 내려간다. 두 사람은 횃불을 들고 지하 묘지를 향해 내려간다. 포츄나토는 지하실의 습기 때문에 기침을 하는 데다, 이미 술에 취해 있는 상태여서 발걸음마저 불안정하다. 기침을 하는 포츄나토에게 몬트레소는 메독 포도주를 권한다. 아이러니컬하게도 포츄나토는 거기 묻혀 있는 몬트레소의 조상을 위해, 몬트레소는 포츄나토의 장수를 위해 건배한다.

지하실의 천장과 벽은 초석으로 덮여 있다. 그들은 강바닥 밑에까지 내려가는데, 마치 이끼처럼 초석이 사방에 깔려 있다. 다시 발작적으로 기침을 하는 포츄나토에게 몬트레소는 또다시 포도주 한 병을 건넨다. 이미 너무 많은 포도주를 마셔 취한 포츄나토는 어서 아몬틸라도의 맛을 보고 싶어 한다. 그들은 줄줄이 서 있는 낮은 아취 밑을 지나 지하실 깊은 곳에 다다른다. 벽에는 해골들이 쌓여 있고, 그 뒤편으로 움푹 들어간 작은 공간이 있다. 몬트레소는 바로 앞에 아몬틸라도 술병이 있다고 말하며 포츄나토를 그 안으로 들어보내는데, 포츄나토는 막다른 벽에 부딪친다.

몬트레소는 어리둥절해하는 포츄나토를 벽에 박힌 쇠사슬로 잽싸게 묶은 다음, 석재와 모르타르로 담을 쌓기 시작한다. 벽이 점차 높이 쌓여가자 포츄나토는 흐느끼기 시작한다. 술이 완전히 깬 포츄나토는 비로소 자신에게 무슨 일이 벌어지고 있는지 깨닫게 된다. 미칠 듯이 비명을 지르는 포츄나토를 향해 몬트레소는 이제 작별할 시간이 되었다면서, 마지막 석재를 쌓고 모르타르를 바른다. 그리고 뼈다귀들을 벽에 기대어 쌓고 포츄나토가 그 안에서 서서히 죽어가게 내버려둔 채 지하실을 빠져나온다.

「아몬틸라도의 술통」 어떻게 읽을 것인가?

「아몬틸라도의 술통 *The Cask of Amontillado*」은 몬트레소가 포츄나토를 생매장한 지 50년이 지난 시점에서 과거를 회상하는 식으로 되어 있다. 그렇다면 무엇 때문에 몬트레소는 반세기가 지나도록 자신이 생매장한 포츄나토를 잊지 못하는 것일까? 그것은 포츄나토가 화자 몬트레소의 분열된 자아라고 생각하면 쉽게 이해가 된다. 자신과 분열된 자아는 상극이어서 서로 상대방을 지배하려 하고 또 서로를 증오한다. 그러나 동시에 자신과 분열된 자아는 떼려야 뗄 수 없는 긴밀한 관계를 갖고 있는 애증이 교차하는 관계이다.

그래서 이 작품은 심리학적으로 보면, 인간이 자기 자신의 또 다른 자아를 지하실에 가두는 것에 대한 상징적인 이야기로 볼 수도 있다. 프로이트 같았으면 이 단편을 자신의 '이드(무의식)'를 억누르는 자아나 초자아의 이야기로 해석했을 것이다. 포 당시에는 아직 그런 심리학적 용어나 개념이 없었지만, 포는 자신의 작품들에서 그런 모티프를 즐겨 사용했다. 이 작품에서 몬트레소는 포츄나토를 지하 묘지에 생매장하는데, 포의 소설에서 생매장당하는 것은 언제나 자신의 분신이나 분열된 자아이다. 몬트레소와 포츄나토 두 사람이 실은 한 사람의 분열된 자아라는 암시는 이름에서부터 분명히 드러난다. 예를 들어 몬트레소는 '나의 재화'라는 뜻이고, 포츄나토 역시 '재화' 또는 '재산'을 의미한다.

생매장 외에도 이 작품에서는 포가 즐겨 사용하는 모티프인 술 취함, 광기, 무의식, 무덤 등이 등장한다. 우선 몬트레소가 포츄나토를 생매장하는 날은 모두가 취해 있고 광기가 지배하는 카니발 도중이다. 포츄나토는 적절하게도 바보 광대의 의상을 입고 있으며, 몬트레소가 포츄나토를 유혹하는 죽음의 덫도 포도주이다. 두 사람은 포도주 저장고이기도 한 몬트레소 저택의 지하로 내려가는데, 지하 통로는 몬트레소가(家)의 묘지이면서 동시에 강바닥 밑으로 되어 있다. 지하나 강이 모두 무의식의 상징이라는 점을 생각하면, 몬트레소는 포츄나토를 무의식 속에 가두어놓은 셈이 된다.

등장인물

몬트레소

몬트레소는 포츄나토의 거들먹거리는 태도와 모욕을 참을 수 없어 한다. 포츄나토의 상스러움과 고상하지 못한 값싼 태도 역시 그를 화나게 만든다. 그는 포츄나토에게 복수하기로 결심하고 치밀한 계획을 세운다. 그래서 마치 위대한 예술 작품을 창조하듯 그는 복수를 계획한다. 스토리 전개는 그의 말과 시각을 통해 서술되고, 그의 의식은 이야기 전체를 지배한다.

포츄나토

포츄나토는 인생의 쾌락을 즐기고, 마키아벨리적이고 공

리주의적이며, 자만심에 빠져 있는 속물이다. 그는 포도주에 관한 자신의 감식안에 자부심을 느끼는 인물로 바로 그 점 때문에 몬트레소에 의해 죽음을 맞이하게 된다. 포츄나토는 고상한 취향과는 거리가 먼, 물질적인 것에만 관심이 있는 인물이다.

집필 배경 및 작품 구성

「아몬틸라도의 술통」은 1846년에 씌어졌다. 이 단편은 포 자신을 곤란하게 만들었던 사람들을 응징하고자 하는 그의 강렬한 욕망을 반영한다는 시각도 있다. 포는 성격이 원만한 편은 아니어서 적이 많았고, 심지어는 싸우다가 소송으로 번져 재판에서 승소한 적도 있다. 포는 속물들이 판치는 세상이 싫었고, 그러한 속물들의 이미지를 포츄나토에게 투사했다는 설(說)도 있다.

이 단편은 포의 다른 어떤 작품보다도 정교한 구성으로 잘 짜여 있다는 평을 받고 있다. 몬트레소의 복수에 대한 욕망을 선언하는 첫 문장부터 끝날 때까지 이 작품은 오직 처절하고도 끔찍한 복수를 향해 쉼 없이 앞으로 나아간다. 이 단편은 포의 여타 작품들보다 더 많은 대화가 있기 때문에 더욱 균형이 잡혀 있으며, 또 압축되고 간결한 대화로 인해 상황의 긴박함이 생생하게 전달된다. 특히 포츄나토와 몬트레소 사이의 마지막 대화는 단연 압권이다. 벽이 점점 더 높이 쌓여가는 것을 속절없이 지켜보던 포츄나토는 소름 끼치는 극한 상황의 두려움 때문에 목소리마저 변해 몬트레소가 거의 알아들을 수 없는 소리로 애걸을 한다. 그러고 나서 포츄나토는 침묵한다. 그의 비명이 히스테리컬해짐에 따라 그가 이미 의식을 잃어가고 있음을 독자들은 잘 알고 있다. 두려움에 찬 포츄나토의 마지막 절규 이후 몬트레소는 두 번이나 그에게 말을 걸시만 벽 뒤에서는 아무 소리도 들리지 않는다. 그리고 벽은 영원히 밀봉된다.

그 처절한 복수에도 불구하고 이 작품에서는 여기저기 유머 감각이 번뜩인다. 여기에 나타난 포의 유머는 아이러니라고 말할 수 있다. 예를 들어 지하 통로를 걸어가면서 몬트레소는 포츄나토에게 끊임없이 임박한 죽음에 대한 실마리를 반어적으로 제공해주지만, 포츄나토는 전혀 눈치 채지 못한다. 지하도를 걸어가면서 몬트레소가 말하는 비밀결사 프리메이슨에 대한 이야기는 나중에 생매장 후 벽을 쌓을 때 쓰는 흙손을 미리 예시해주는 것이다. 또 기침하는 포츄나토에게 몬트레소가 "넌 기침으로 죽지는 않을 거야."라고 말하는 것도 아이러니컬하다. 포츄나토는 결국 벽에 묶인 채 생매장당하기 때문이다. 또한 처음 포츄나토를 벽에 묶을 때, 몬트레소는 아이러니컬하게도 마치 포츄나토가 그렇게 하기를 원하는 것처럼 다음과 같이 말한다.

"돌아가지 않겠나? 싫다고? 그렇다면 할 수 없지. 자네만 여기 남겨놓고 나 혼자 돌아가야겠네."

몬트레소의 대화는 교묘하고 반어적이어서 재미가 있다. 하지만 그의 유머는 솔직하고 밝은 유머가 아니라 복수의 욕망으로 뒤틀린 어두운 유머이다.

「검은 고양이」

줄거리 분석

    내일이면 살인범으로 사형이 집행되는 화자는 우선 자신이 미치지 않았다고 말한 후, 자신의 일생에 관한 이야기를 해나간다. 원래 마음씨 착하고 동물을 좋아하는 그는 플루토라는 고양이를 포함하여 온갖 종류의 애완동물을 기른다. 플루토는 검은색의 똑똑한 고양이이다. 미신을 믿는 그의 부인은 옛날 이집트인들처럼 고양이를 변장한 마녀라고 주장하지만 그는 이를 비웃는다.

    그러다가 점차 화자는 알코올 중독이 되고 성격마저 나빠진다. 어느 날 그는 만취한 상태로 집에 돌아와 악마와 같은 분노에 사로잡혀 고양이의 한쪽 눈을 뽑아버린다. 그는 후회하면서 술로써 그 슬픔을 잊으려고 한다. 죄책감을 느끼면서도 그는 고양이를 나뭇가지에 매달아 죽인다. 어떤 알 수 없는 모순적인 힘 때문에 그는 자신이 옳다고 생각하는 것과는 반대로 행동한다. 사악한 행동을 한 바로 그날 밤, 그의 집에 불이 난다. 그리고 타서 무너진 벽 위에 거대한 고양이의 형체가 나타난다.

그 후 어느 술집에서 화자는 플루토와 똑같이 생긴 고양이를 발견하게 된다. 고양이는 한쪽 눈이 없지만 가슴에는 하얀 반점이 있어서 완전히 까맣지는 않다. 그는 그 고양이를 집으로 데려온다. 그러나 그 고양이를 볼 때마다 그는 자신이 죽인 플루토가 생각나 후회와 수치심과 비통함으로 그 고양이를 증오한다. 고양이의 가슴에 있는 하얀 반점은 점차 교수대의 형체를 띤다.

그러던 어느 날, 그가 지하실에서 일하던 중 고양이가 그를 화나게 하여 도끼로 고양이를 죽이려고 한다. 아내가 말리자 화가 난 그는 그녀의 머리를 도끼로 내리친다. 그는 최근에 새로 바른 지하실의 벽 한쪽 부분을 파내고 아내의 시체를 거기에 세워놓은 다음, 다시 벽을 바른다. 마치 포츄나토를 감금하고 벽을 쌓은 몬트레소처럼, 화자는 아내의 시신을 벽 뒤에 감춤으로써 감쪽같이 처리한다. 그는 자신에게 살인을 부추긴 고양이를 찾아보지만 어디로 갔는지 보이지 않는다.

며칠 후, 화자의 아내가 실종되었다는 신고를 받은 경찰이 찾아와 그의 집을 수색한다. 그들은 지하실을 수색하지만 아무것도 찾지 못한다. 경찰관들이 계단을 올라가고 있을 때, 화자는 일종의 쓸데없는 자만심으로 지팡이로 시체가 묻혀 있는 벽을 두드린다. 그는 경찰들에게 이 집이 과연 잘 지어진 집인지 모르겠다고 말하며 허세를 부린다. 바로 그 순간, 벽 뒤편에서 원한 맺힌 듯한 고양이의 울음소리가 들려온다. 경찰들은 그 즉시 벽을 허물어 이미 상당히 부패한 시체를 찾아낸다. 시체의 머리 위에는 사라졌던 고양이가 불같은 한쪽 눈을 뜨고 앉아 있다.

「검은 고양이」 어떻게 읽을 것인가?

「검은 고양이 *The Black Cat*」는 1843년 8월 19일 「새터데이 이브닝 포스트」에 실렸다. 이 단편은 다음과 같이 시작된다.

> 하지만 난 미치지 않았다. 그리고 분명히 말해 꿈을 꾸고 있는 것도 아니다. 그러나 내일이면 나는 죽는다. 그래서 나는 오늘 내 영혼의 짐을 벗어놓으려는 것이다. 지금 나의 직접적 의도는, 군소리 없이 간결하고 평이하게 일련의 집안일을 만천하에 털어놓으려는 것이다. 결과적으로 그 집안일들은 나를 공포에 떨게 했고, 고문했으며, 파멸시켰다.

화자의 이 진술에는 이미 포의 주요 모티프—광기, 악몽, 죽음, 공포, 파멸—가 다 들어 있는 셈이다. 더욱이 「검은 고양이」의 화자는 술에 취해 사는 알코올 중독자인데, '술 취함'도 포가 즐겨 다루는 중요한 모티프 중 하나이다. 또 화자는 자기 아내를 죽여 지하실에 암매장하는데, '지하실'과 '암매장' 역시 포의 문학 세계에서 빼놓을 수 없는 주제가 된다('지하실'과 '암매장'은 포의 또 다른 작품 「아몬틸라도의 술통」과 「어셔가의 몰락」에서도 반복된다).

「검은 고양이」에서 '술 취함'의 모티프는 중요한 역할을 한다. 화자는 늘 술에 취해 현실과 환상의 경계를 넘나들면서 고통 받는다. 그의 고통의 근원은 '전도된 정신'으로, 이는 인간 정신에 내재해 있는 원초적 충동이다. 화자로 하여금 사악한 행위를 저지르도록 부추기는 것은 바로 이 전도된 정신이다. 그의 '술 취함'은 곧 지하실로 상징되는 '무의식'과 연결되고, 포의 주인공들이 늘 시달리는 '악몽'과도 연결된다.

인간의 무의식과 원초적 본능에 대한 조명을 통해 포는 '이성의 시대'를 조롱한다. 18세기의 합리주의자들 또는 이성 중심주의자들은 외부에서 주어지는 모든 인상의 총계가 인간의 성격이라고 가르쳤다. 즉, 18세기 합리주의자들은 인간에게는 원래 타고난 것은 아무것도 없으며, 모든 것은 외부 환경에서 온다고 가르쳤다. 그러한 생각에 반기를 든 사람들이 바로 낭만주의 작가들인데, 영국의 워즈워스·코울릿지·바이런·셸리, 그리고 미국의 에머슨·소로·포·호손·멜빌이 여기에 속한다. 낭만주의 시인들은 인간의 영혼을 재발견했으며, 포는 이를 자신의 주요 주제로 만들었다. 인간 영혼의 구조적 불균형에 대한 포의 관심은 인간 정신의 투쟁에 대한 관심으로 확대되었다. 「검은 고양이」에서도 화자는 분열된 자기 자신과 격렬하게 싸운다.

이 작품의 화자에게 포는 술을 마셨을 때의 자기 모습을 다소 과장되게 투사했다. 포는 술을 마시는 동안 자신을 사로잡는 감정 발작을 잘 알고 있었다. 술에 취해 있지 않을 때는 어느 상황에서든 예의 바른 고상한 신사였지만, 일단 술만 들어가면 포 자신이 불의라고 여겼던 것에 대한 억눌린 분노가 폭력적으로 나타났다. 「검은 고양이」의 화자는 포의 바로 그러한 어두운 면을 상징하는 인물이다.

등장인물

화자 : 그는 원래 애정이 많고 친절한 성격이다. 그런 그가 알코올에 중독되자 성격이 포악해지고 폭력적이 되어 자신이 사랑하는 존재들에게 저주와 욕설을 퍼붓는다. 하지만 그는 곧 자신이 저지른 일에 후회하는 정신분열 증세를 보인다. 점차 그는 혼자 있는 것을 좋아하게 되고 동물이나 사람들을 피

한다. 그는 자신의 상태를 바꾸기에는 무기력해 보이지만, 극도의 후회와 죄의식을 느끼기도 한다. 화자는 자신에 대해서도 증오심에 휘둘리게 되고, 그 증오심은 모든 것에 대한 증오심으로 확대된다.

그는 두 번째 고양이를 두려워하는데, 혼란스럽고 위험한 정신 상태에서 두려움은 더해진다. 그는 신경이 매우 과민해져 자신을 제어하는 데 어려움을 겪는다. 그를 파멸로 몰고 가는 것은 바로 이러한 그의 성향이다. 가끔 그는 주체할 수 없는 생각이나 충동에 휩싸인다. 그는 시체가 묻혀 있는 벽 쪽으로 경찰의 주의를 끌어보려는 유혹에 저항할 수 없게 된다. 자신의 엉뚱한 상상력을 억제할 수 없어 그는 지팡이로 시체를 매장한 바로 그 자리를 두드리고, 결국 파멸하고 만다.

「어서가의 몰락」

줄거리 분석

어느 스산하고 황량한 가을날 저녁, 화자는 어린 시절 친구인 로더릭 어서로부터 급히 와달라는 편지를 받고 그를 방문하러 간다. 화자가 과거로부터 편지나 전보를 받고 소환되는 것은 미국 문학에서 자주 나타나는 모티프로서, 오래 전 떠나온 자신의 어린 시절이나 무의식의 세계로 되돌아가는 것을 의미한다. 대부분의 경우, 그것은 화자가 현재 당면한 문제점의 근원을 찾아 떠나는 '과거로의 여행'이 되기도 한다. 그런 의미에서 화자를 다시 과거로 소환한 로더릭 어서는 오랫동안 잊고 지냈던 화자의 '또 다른 자아'의 상징이라고 볼 수 있다.

과연 「어서가의 몰락 *The Fall of the House of Usher*」은 처음부터 몽환적인 분위기를 강렬하게 드러내주고 있어서, 주인공의 여행이 상징적이고 정신적인 꿈속의 여행임을 시사하고 있다. 포의 다른 작품들도 대부분 그러하지만 「어서가의 몰락」 역시 쓸쓸하고 흐린 가을날 저녁을 배경으로 하고 있다. 포가 관심을 두었던 것은 만물이 소생하는 희망찬 봄이 아니라 모든 것이 시들어가는 스산하고 음울한 가을이다. 인생의 가을에 포의 화자는 다시 자신의 마음속 과거로 되돌아간다.

시커멓게 빛나는 늪을 내려다보는 곳에 위치한 친구 어서의 집은 썩어가는 나무들에 둘러싸여 있다. 화자는 암울한 주위 환경에 우울하고 침울해진다. 그는 어서가가 마치 사람 같고 창문들은 사람의 눈 같다는 느낌을 받는다. 늪에 비친 집의 이미지를 바라보면서 화자는 먼지를 뒤집어쓴 채 부패해가는 저택의 독기 서린 분위기를 감지한다.

저택에 들어서기 전에 화자는 현관 전체가 곰팡이로 덮여 있는 것을 보게 된다. 이어 복잡한 복도를 지나 로더릭 어서가 있는 방에 다다른 화자는 완전히 변해 있는 로더릭을 목격한다. 그의 안색은 창백했으며 눈은 이상하게 빛나고 있었고, "극도로 예민한 신경"으로 고통당하고 있었다. 병적으로 예민한 감각 때문에 그는 아주 약한 것이 아니면 빛도 소리도 피해야만 한다. 화자는, 알려지지 않은 병으로 누이동생 매들린 어셔가 서서히 죽어가자 로더릭 어셔의 상태도 따라서 악화된다는 사실을 알게 된다.

화자는 친구의 우울증을 덜어주기 위해 함께 독서도 하고 그림도 그리며, 어셔도 이따금 기타 연주를 하기도 한다. 그러나 화자는 이 모든 것도 이상한 정신적 병을 앓고 있는 친구의 병을 낫게 할 수는 없다는 사실을 깨닫게 된다. 로더릭 어셔와 누이동생 매들린은 어셔 가문의 마지막 자손이며, 따라서 만일 그들이 병들어 죽으면 어셔가는 영원히 붕괴되는 것이다. 로더릭 어셔는 격정에 사로잡혀 기타로 즉흥곡을 연주한다. 「유령 궁전」이라는 그의 시는 지혜와 빛의 왕국을 전복시킨 사악한 것들에 관한 것이다. 그는 모든 식물도 감각을 갖고 있다는 자신의 신념을 말하면서, 어셔가를 둘러싸고 있는 곰팡이와 썩어가는 수목들을 증거로 든다. 그는 식물들이 자아내는 영향력이 자신의 가문을 형성하고 있다고 주장한다.

매들린이 죽은 후, 화자는 로더릭 어셔의 요청으로 저택 지하실 방에 시체를 가매장하는 것을 도와준다. 그들이 죽은 매들린을 마지막으로 보려고 관 뚜껑을 열었을 때, 시신의 가슴과 얼굴에 사후 경직 현상으로 나타나는 특징인 붉은 점이 생긴 것을 목격한다. 여동생을 매장한 후, 로더릭 어셔는 일상적인 일을 소홀히 하고 이리저리 집 안을 헤매 다니면서 자신만이 들을 수 있는 어떤 소리에 주의를 기울인다.

폭풍이 치던 어느 날 밤, 화자는 잠을 잘 수 없어 깨어 있는데 로더릭 어셔가 제정신이 아닌 상태로 화자의 방으로 들어온다. 그가 가리키는 대로 창밖을 내다보던 화자는 희미하게 빛나는 가스체가 저택 주위를 둘러싸고 있는 것을 본다. 로더릭의 과민증을 가라앉히기 위해 화자가 그에게 책을 읽어주고 있는데, 문에서 노크 소리가 난다. 문 앞에는 그들이 무덤 속에 산 채로 매장했던 매들린이 서 있다. 이를 본 로더릭이 소리를 지른다. 피 묻은 수의를 입은 쇠약한 모습의 매들린이 들어와서 공포에 질려 죽어가는 오빠 로더릭 어셔 위로 쓰러진다. 화자는 급히 저택 밖으로 도망쳐 나오는데, 바로 그때 거센 파도 소리와 같은 고함이 들리고 어셔가는 서서히 붕괴되어 늪 속으로 가라앉는다.

「어셔가의 몰락」, 어떻게 읽을 것인가?

어떤 비평가들은 로더릭 어셔를 예술가로서의 포의 자화상이라고 보고 있다. 과연 포는 로더릭 어셔와 마찬가지로 극도로 예민하고 불안한 성격이었으며, 자신의 힘으로 통제할 수 없는 어떤 저주 아래 놓여 있다고 생각했고, 그것으로부터 벗어나고 싶어 했다. 매들린과 로더릭이 쌍둥이로 묘사되고 같이 죽는 장면 역시, 완벽한 친구이자 반려자로서의 여인을 원했던 포의 심정을 잘 드러내주고 있다는 평을 받는다.

그러나 「어셔가의 몰락」은 작가와의 연관을 떠나서 그 자체로서 한편의 놀랄만큼 독창적인 고딕소설이라고 할 수 있다. 작품은 작가의 삶과는 독립적인 예술 작품으로 존재하기 때문이다. 이 단편은 포의 고전 중의 하나요 그의 장인 정신이 잘 드러나 있는 작품이다. 이 작품에서 포는 고전적인 고딕소설과는 다른 자신만의 독창적인 효과와 소도구를 이용하고 있는데, 예컨대 어셔가를 덮고 있는 곰팡이와 기체의 분출은 그가 창안해낸 것이다. 괴기스럽고 공포감을 불러오는 분위기 창출에 포는 천재적인 재능을 갖고 있었다. 이를테면 화자가 어셔에게 책을 읽어줄 때마다 멀리서 책 내용과 같은 소리가 들려오고, 그 소리가 점차 가까워지다가 마침내 문이 열리고 살아 있는 시체가 등장하는 과정은 포 예술의 진수이자, 극도의 공포감을 창출하는 효과적인 장치라고 할 수 있다.

비평가들은 전통적으로 이 작품의 주제를 자신의 힘으로는 어쩔 수 없는 신비스럽고 사악한 힘에 대한 인간의 무력함이라고 본다. 이 작품의 핵심은, 인간은 거대한 악이 존재하는 가운데 살고 있고, 그래서 인간은 어쩔 수 없이 그 원초적 힘을 운명처럼 받아들이고 묵인해야만 한다는 것이다. 그러한 악은 시인이자 화가이고 음악가인 어셔와 같이 예민한 사람에게서 가장 강렬하게 느껴진다. 어셔에게는 선과 악 모두를 느낄 수 있는 예민함이 있다. 그의 그러한 예민함은 그가 과거로부터 물려받은 유산이다. 그는 아름다움과 공포에 똑같이 전율할 수 있는 예민한 신경 체계를 갖고 있는데, 종국에는 악이 더 강렬하게 느껴져 그와 그의 누이동생을 파멸시키고 마침내 어셔가는 붕괴된다.

한편, 이 작품을 보는 다른 시각도 있다. 즉, 화자가 어셔가를 방문하는 것을 오래 잊고 살았던 자신의 내면세계로의 정신적 여행으로 보는 것이다. 그런 시각으로 보면 우리의 마음속에 아직도 세워져 있는 낡은 저택이나, 그 안에서 살고 있는 로더릭 어셔와 매들린은 우리가 성인이 되기 위해서는 극복하고 이별해야만 하는 존재의 상징들이라고 할 수 있다. 우리 유년 시절의 순진무구하고 아직 예술을 사랑하는 마음의 상징, 그러나 그것들은 이미 이끼와 먼지와 곰팡이로 뒤덮인 채 붕괴를 기다리고 있으며, 어릴 적 친구인 로더릭 어셔와 매들린은 병들어 죽어가고 있다. 그래서 작품의 마지막 장면에서 어셔가의 저택은 적절하게도 늪 속으로 무너져 들어간다. 물이 무의식과 장례와 재생의 상징이라는 점을 생각하면, 이제 화자는 새롭게 성인으로 다시 태어난다고 볼 수 있다. 그것이 왜 그가 낡은 저택의 붕괴가 초래하는 죽음의 위협에서 빠져나와 어셔가의 몰락을 목도하는가의 이유가 될 것이다.

등장인물

화자

　이 작품에서 독자들은 화자의 눈을 통해 모든 것을 본다. 인간세계의 대표자인 화자는 로더릭 어셔와의 우정을 통해 늪에 있는 저택의 이상한 세계로 끌려 들어간다. 이야기의 도입부에서 독자는 화자와 함께 그 세계로 들어가고 끝부분에 와서 화자와 함께 그 세계를 떠난다. 오직 화자를 통해서만 사물을 볼 수 있기에 독자는 모든 것에 대해 화자의 판단을 받아들여야만 한다.

　화자에게 로더릭 어셔는 매혹적이면서도 두려운 존재이다. 화자는 로더릭 어셔와 함께 머물며 그를 도와주려 하지만, 그가 왜 초자연적인 생각에 깊이 연루되어 있는가를 이해하지는 못한다.

　포는 화자를 이성을 대표하는 사람으로 설정한 것으로 보인다. 화자는 어셔가 저택 밖의 빛나는 안개를 전기현상으로 설명하고자 한다. 이렇듯 화자는 모든 사건을 상식과 이성으로 분석하려고 노력한다. 비록 상상력이 부족해서인지는 몰라도 화자의 반응은 정상적인 것이다. 독자는 화자의 정상적 시각에 비추어 로더릭 어셔의 광기를 감지할 수 있다.

로더릭 어셔

　로더릭 어셔는 독자의 흥미를 끌 만한 특이한 성격을 지니고 있다. 포 작품의 많은 주인공처럼 그는 보통 사람들의 이해를 넘어선 초자연적 세계에서 살고 있다. 로더릭 어셔에게 이 초자연적 세계는 일상적인 세계의 삶보다 훨씬 더 현실감이 있다. 이는 본질적으로 영혼의 세계이며, 민감한 사람만이 인식하는 특별한 세계이다. 로더릭은 시인이고 음악가이며 화가이다. 그가 문 밖에 있는 사람이 자신의 여동생이라는 사실을 알게 되는 것도 바로 그의 미(美)에 대한 민감성 때문이다. 다시 말해 그는 직관과 감수성을 지닌 극도로 예민한 사람이다. 낭만주의의 다른 주인공들처럼 그는 이성보다 더 우월한 능력을 가진 예지자 내지 예언자이지만, 그 예언자는 병들어 있고 신경과민적이며 연약하고 두려움에 떨고 있다. 그를 파괴하는 것은 저택과 주위의 늪지대가 품어내는 사악한 분위기인 것처럼 보인다. 포는 그것의 본질이 무엇인지는 설명하지 않는다. 답은 오로지 독자들의 해석에 달려있다.

매들린 어셔

　매들린 어셔는 이 작품에서 두 번밖에 등장하지 않는다. 한 번은 로더릭과 그의 친구가 책을 읽고 있는 방을 매들린이 마치 유령처럼 지나가면서 어셔를 창백하게 만들고, 화자로

하여금 공포마저 섞인 극도의 놀라움을 느끼게 한다. 또 한 번은 이야기의 결말부에서, 무덤에서 살아 돌아온 그녀가 오빠를 안고 쓰러지는 장면이다. 오빠와 마찬가지로 그녀 역시 가문의 저주로 고통 받고 있다. 그녀의 이상한 병의 원인이 곰팡이와 주위의 식물과 가스 분출 때문이라는 직접적인 설명은 없지만, 그러한 암시는 분명히 주어진다. 독자는 그녀가 오빠처럼 초자연적인 세계 속에 살고 있으며, 종국에는 오빠와 합일된다고 느끼게 된다.

집필 배경 및 작품 구성

포가 살던 시대는 미국 문단이 유럽의 영향으로부터 벗어나려고 노력했던 낭만주의 시대이다. 포 역시 미국적인 문학을 창출하는 데 크게 공헌했으며, 유럽적 문화유산의 붕괴와 새로운 미국 문화의 등장에 관심이 많았던 작가였다. 그런 맥락에서 보면, 몰락하는 어셔가와 죽어가는 로더릭 어셔는 당시 미국이 극복하고자 노력했던 '유럽적 유산'의 상징일 수도 있다. 사실 미국인들의 의식 속 깊은 곳에 자리 잡고 그들에게 커다란 영향을 끼치고 있었던 유럽적 전통과 유산은, 정신적·문화적인 독립을 위해 19세기 미국인들이 극복하고 단절해야만 했던 과거의 짐이었다.

동시대 작가였던 에머슨은 「미국의 학자」라는 제목의 연설에서, "우리는 그동안 유럽의 뮤즈를 너무 오래 경청해왔다. 의존의 시대, 즉 다른 나라의 학문에 대한 오랜 도제의 시대는 이제 끝나가고 있다."고 선언했다. 소로는 수상록 『월든』에서 "누군가는 우리의 귀에 대고 우리 미국인들이나 현대인들은 엘리자베스 시대 사람들이나 고대인들에 비해 지적 난장이라고 속삭인다. 하지만 그게 무슨 소리인가? 살아있는 개가 죽은 사자보다 낫다."고 말했다. 포 역시 미국의 문화적 정체성을 추구했던 19세기 미국 낭만주의 시대의 작가였다는 점에서 위와 같은 해석은 설득력을 갖는다.

그런 시각에서 보면, 마지막에 주인공이 목도하는 어셔가의 붕괴는 긍정적일 수 있다. 화자가 과거의 낡은 세계와 작별하고 현재의 새로운 세계로 돌아오는 것을 상징한다고 볼 수 있기 때문이다. 그래서 주인공이 붕괴하는 이서가에서 빠져나와 살아 돌아오는 설정은 작품의 구성상 중요한 상징적 의미를 갖는다. 미국 낭만주의 시대의 대표 작가였던 포는 아마도 과거의 낡은 의식을 버리고 미래의 새로운 의식을 갖자는 뜻에서 이 작품을 집필했는지도 모른다.

「윌리엄 윌슨」

줄거리 분석

화자는 자신을 '윌리엄 윌슨(William Wilson)'이라고 부르겠다고 말함으로써 이 이름이 화자의 가명임을 암시한다. 그는 인간들 사이에서 추방당했으며 자신의 종족을 싫어한다고 말한다. 그는 차마 말할 수 없는 용서받지 못할 범죄를 저질렀고, 점차 타락했다기보다 한순간에 모든 미덕을 상실했다고 한다. 로더릭 어셔처럼 그 또한 풍부한 상상력과 과민한 감수성으로 잘 알려진 가문의 자손이다. 그는 그 안에서 길을 잃곤 하던 엘리자베스풍 저택에서 지냈던 학창 시절을 회상한다.

어느 날 학교에 윌슨 자신과 외모며 이름이며 음성까지도 똑같은 학생이 전학 온다. 그 새로 온 화자는 윌슨이 나쁜 짓을 할 때마다 그의 잘못을 지적하여 윌슨을 화나게 만든다. 윌슨은 동료들 사이에 차지하고 있는 자신의 위상에 도전하는 그 새로 온 학생을 싫어하면서도 이상하게 그에게 끌리게 된다. 윌슨은 자신의 양심을 괴롭히는 새로 온 학생의 도덕심을 견딜 수 없어 한다. 어느 날 밤 윌슨은 그 친구가 잠들어 있는 사이에 혼내주려고 찾아가지만, 잠든 친구의 얼굴에서 무언가를 보고 두려움에 떨면서 도망쳐 다시는 학교로 돌아가지 않는다.

그 후 윌슨은 영국의 이튼 학교에 들어가 방탕한 생활을 한다. 그가 어느 퇴폐적인 파티를 즐기고 있을 때, 그와 똑같은 모습을 한 사람이 나타나 갑자기 그의 귀에다 대고 "윌리엄 윌슨!" 하고 속삭인다. 자신과 똑같이 생긴 그 사람은 엄숙한 목소리로 윌슨의 방종한 생활을 경고하지만, 윌슨은 그 말에 주의를 기울이지 않는다. 윌슨은 더욱 자유롭게 타락할 수 있는 옥스퍼드 대학으로 간다. 옥스퍼드에서 그는 도박으로 삶을 탕진한다. 그가 마침 카드놀이에서 글렌디닝 경을 이기고 있을 때, 또다시 윌슨을 닮은 사람이 코트를 뒤집어쓴 채 다가와 사람들에게 윌슨이 속임수를 쓰고 있으며 그 증거는 그의 주머니에 들어 있다고 일러준다. 그들은 윌슨을 잡아 그의 주머니를 뒤지고 속임수는 탄로 난다.

그리하여 윌슨은 절박한 심정으로 유럽으로 도망친다. 하지만 윌슨의 '더블'은 윌슨이 악을 저지르려고 할 때마다 나타나 그의 악행을 폭로한다. 윌슨은 로마의 어느 파티에서 주인의 부인을 유혹하려고 한다. 윌슨이 그녀를 만나러 갈 때 또다시 자신의 '더블'이 나타나 만류한다. 화가 난 윌슨은 그를 칼로 찔러 죽인다. 윌슨이 돌아서는데 놀랍게도 거울 속에는 자기가 죽인 사람의 모습 곧 자기 자신의 모습이 비친다. 마침내 윌슨은 자신과 자신의 '더블'은 하나라는 사실을 알게 된다. 거울 속에 있는 영상은 그 자신이었지만, 침입자 역시 자기 자신이었다.

「윌리엄 윌슨」 어떻게 읽을 것인가

어느 날 윌슨은 학교에서 자신과 모든 것이 쌍둥이처럼 똑같은 사람을 만난다. 윌슨은 그가 싫어서 그를 피해 다닌다. 하지만 윌슨의 '더블'은 부단히 윌슨을 쫓아다닌다. 그뿐만 아니라 윌슨이 나쁜 짓을 할 때마다 그가 나타나 잘못을 폭로한다. 윌슨은 그를 피해 옥스퍼드, 파리, 비엔나, 베를린, 심지어는 모스크바까지 도망치지만 윌슨의 '더블'은 끝까지 윌슨을 쫓아온다. 결국 윌슨은 로마의 축제 때 그를 칼로 찔러 죽인다. 그러나 곧 양심의 상징인 그를 죽임으로써 윌슨 자신도 파멸한다는 사실을 깨닫게 된다.

윌슨은 제멋대로 성장한 고집 센 사람이다. 우선 그의 이름부터 그것을 상징하고 있다. 즉, 'Will-i-am Wil-son'은 곧 '나는 고집(의지)이며, 고집(의지)의 아들이다'라는 의미이다. 그의 고집 앞에 모두가 굴복하지만 단 하나 그와 모든 것(이름도 생년월일도 같다)이 같은 또 하나의 윌슨은 예외이다. 또 하나의 윌슨은 언제나 윌슨의 "주장에 반대하고 복종하기를 거부하며 모든 것에 간섭한다."

그러나 이상하게도 윌슨은 그를 미워하지 못한다. 그를 대하면 "딱히 증오라고 할 수는 없지만 원한도 있고, 다소간의 존경심과 두려움도 있으며, 불안한 호기심도 느껴진다." 그러나 그의 참견은 끊임없이 윌슨을 괴롭힌다. 어느 날 윌슨은 모두가 잠든 틈을 타 그의 침실로 가서 그의 잠든 모습을 바라본다. 등불에 비친 그의 모습에서 윌슨은 자신의 모습을 보고 소스라치게 놀란다. 윌슨은 학교를 자퇴하고 영국으로 가서 이튼 학교에 입학한다.

이튼에서 윌슨이 술과 도박으로 방탕한 생활을 하고 있던 어느 날, 다시 그의 '더블'이 나타나 마치 경고하듯 "윌리엄 윌슨!" 하고 그의 이름을 부르고 사라진다. 이튼 스쿨을 졸업하고 옥스퍼드 대학에 진학한 윌슨은 다시금 노름에 빠져들고 사기도박에 재미를 붙인다. 그가 속임수를 써서 한참 돈을 따고 있을 때, 어느새 그의 '더블'이 다시 나타나 속임수를 폭로하고 사라진다.

월슨은 옥스퍼드를 떠나 유럽 대륙으로 가지만, 그가 나쁜 짓을 할 때마다 그의 '더블'이 나타나 폭로한다. 그가 로마의 가장무도회에서 디 브로글리오 공작부인을 유혹하려는데, 자신과 똑같은 복장을 한 '더블'이 나타나 방해를 하자 이에 격분한 월슨은 자신의 '더블'을 칼로 찔러 죽인다. 그러나 그 순간 월슨은 자신의 '더블'을 죽임으로써 결국은 자기 자신을 죽였다는 사실을 깨닫게 된다. 자신의 양심의 소리를 죽임으로써 월슨은 세상의 도덕적 기준을 상실하게 되고, 이는 곧 그의 삶의 종말을 의미하는 것이다.

등장인물

윌리엄 윌슨 : 이 작품에서 윌리엄 윌슨은 두 명이다. 하나는 술주정뱅이에다 사기꾼이고 유혹자이며, 다른 하나는 그러한 악행에 대해 도덕적인 판단을 하는 사람이다. 윌슨은 인간의 욕망과 무의식의 상징이다. 그는 자기만족을 위해 다른 사람들을 파괴하는 수많은 계획을 세우고 실천한다. 프로이트의 용어를 빌리면 그는 '이드(id)'의 상징이다.

하지만 도덕적 침입자인 학창 시절의 동료 역시 윌슨이다. 그는 윌슨의 더 나은 자아, 즉 도덕과 윤리와 인간성의 목소리를 상징한다. 그는 자신의 다른 자아의 혼란스러운 욕망을 억제하기 위해 노력한다. 윌슨이 타락과 방탕에 빠질 때마다 그는 어김없이 나타나서 윌슨에게 경고한다. 프로이트의 용어를 빌리면, 그는 부단히 무의식(이드)을 감시하고 경고하는 '초자아(Super-ego)'라고 할 수 있다.

집필 배경 및 작품 구성

포가 영혼이 분열되어 서로 투쟁하는 모습을 그린 첫 번째 작가는 아니다. 이미 1794년에 윌리엄 고드윈은 장편소설 『칼렙 윌리엄스』에서 인간의 양심을 다루면서 분열된 자아의 모티프를 사용했다. 포는 고드윈의 작품을 잘 알고 있었고 언급하기도 했다. 「윌리엄 윌슨」에서 포가 다룬 분열된 자아의 주제는 오스카 와일드의 장편 『도리안 그레이의 초상』과 로버트 루이스 스티븐슨의 『지킬 박사와 하이드 씨』에 커다란 영향을 끼쳤다. 와일드의 소설에서는 그림 속의 나와 실제의 나, 그리고 스티븐슨의 소설에서는 낮에 돌아다니는 좋은 자아와 밤에 돌아다니는 나쁜 자아의 이중적 모습을 잘 보여 주고 있다.

「윌리엄 윌슨」에서 포는 어린 시절을 보냈던 스토크 뉴잉턴에서의 학생 때 얻은 경험에 의존하고 있다. 이야기에 나오는 고딕풍의 세부 묘사는 모두 포가 행복한 시절을 보냈던 브랜비스 학교에서 빌려왔다. 포는 「어셔가의 몰락」의 로더릭 어서와 「검은 고양이」의 화자를 통해서도 인격의 분열을 다루었지만, 「윌리엄 윌슨」을 통해서 이를 가장 완벽하게 구현했다고 할 수 있다.

「윌리엄 윌슨」은 인간의 이중적 성격이라는 개념에 근거하고 있다. 사람들은 나쁜 일에 탐닉할 때 자신을 파괴한다. 그러므로 인간의 파괴적 이기심은 억눌러져야 하고, 그러기 위해 인간에게 양심과 자유의지가 주어지는 것이다. 인간은 자유의지로 신악을 선택할 수 있다. 이기심은 파멸의 원인이고, 양심과 자유의지는 구원을 가져다준다. 때문에 자신의 양심인 더블을 죽였을 때 윌슨은 파멸하는 것이다.

「애너벨 리」

줄거리 분석

시인은 수년 전 바닷가에 있는 왕국에서 이 시 제목이기도 한 이름을 가진 소녀와 사랑에 빠졌다고 말한다. 그들은 둘 다 어린아이였고, 그녀는 시인을 사랑하고 또 오로지 사랑받는 것밖에 몰랐다고 한다. 심지어 하늘의 신들도 그들의 사랑을 시기했다고 한다.

하지만 소녀는 죽어서 "신분 높은" 그녀의 일족에 의해 무덤에 묻힌다. 그들의 사랑은 죽음보다 강했으며, 시인은 그들의 영혼이 절대로 갈라지지 않을 것이라고 말한다. 매일 밤 그는 바닷가에 있는 그녀의 무덤 곁에 눕는다.

「애너벨 리」 어떻게 읽을 것인가?

「애너벨 리 *Annabel Lee*」는 낭만적 서정시이다. 시의 요점은 이야기를 전달하는 것이 아니라 분위기를 자아내고, 느낌을 암시하여, 시인이 느끼는 것을 독자로 하여금 느끼게 하는 것이다.

시인이 다루는 느낌은 사랑의 상실이며, 그것은 낭만적 향수라는 관점에서 취급된다. 어느 누구도 이러한 시에서 완벽하게 논리적인 발선을 기대힐 수는 없다. 또한 시에는 상식을 뛰어넘는, 그리고 어떤 설명도 주어지지 않는 부분도 있다.

이 시가 찬양하는 사랑은 낭만적 사랑의 본질이다. 이것은 사랑 이상의 사랑이다. 이러한 과장이 이 시의 본질적인 부분이다. 그들은 어린아이이지만 더 나이든 사람들보다 훨씬 더 순수하고 현명하다. 아이들의 사랑을 찬양한다는 점에서 이 시는 어른들의 의식보다 아이들의 의식을 찬양하는 워즈워스의 「불멸의 송시」를 연상시킨다.

그녀가 죽은 후 그에게는 삶은 의미가 없어진다. 그는 그녀의 꿈을 꾸고, 무덤 속 그녀의 시신 옆에 눕는다. 비록 육체는 서로 떨어져 있지만 정신은 결합되어 있는 것이다. 이 시는 죽음도 초월한 낭만적인 사랑을 찬미한다.

작품 구성

애너벨 리는 6연으로 된 서정시이다. 각 연은 각각 6, 6, 8, 6, 7, 8행으로 이루어져 있다. 그리고 1연과 2연, 4연의 패턴이 아주 밀접하지만, 연의 패턴에 전반적인 규칙은 없다. 강세 없는 음절로 시작하여 4번의 강세가 있는 약강격 4음보와, 강세 없는 음절로 시작하여 3번의 강세가 있는 약강격 3음보 사이를 교대로 변하는 행들로 이루어져 있다. 5연의 제2행과 3행은 모두 3음보로 연속된다. 마지막 연의 5행과 6행은 둘 다 4음보이다.

사랑하는 아내와 사별한 시인의 애틋한 심정을 노래한 「애너벨 리」는 만인의 애송시가 되었고, 미국 가수 짐 리브스가 애수에 젖은 배경음악과 함께 낭송해 좋았던 시절에 대한 향수에 젖어있던 1960년대 젊은이들로부터 많은 사랑을 받았다. 1960년대 젊은이들의 감성을 대변했던 에릭 시걸의 소설 『러브 스토리』나 영화 「선 샤인」도 병들어 일찍 죽는 사랑하는 아내나 애인에 관한 모티프를 차용한다는 점에서 모두 「애너벨 리」를 닮았다.

『아서 고든 핌의 모험』

줄거리 분석

아서 고든 핌은 미국 보스턴 근처 항구인 낸터킷 상인의 아들이다. 학교에서 그는 어거스터스 바나드를 만나 친한 친구가 되고 방도 같이 쓴다. 어느 날 저녁 파티가 끝난 후, 어거스터스는 핌을 깨워 바다로 나가자고 부추긴다. 보트가 바다 멀리까지 나간 뒤에야 비로소 핌은 어거스터스가 술에 취했다는 사실을 알게 된다. 어거스터스는 보트 바닥에 쓰러지고 경험 있는 선원이 아닌 핌 역시 공포에 휩싸인다. 그들의 배는 포경선과 충돌하여 침몰되지만, 다행히도 그들은 구조되어 낸터킷으로 돌아온다.

어거스터스의 아버지인 바나드 선장은 어거스터스가 동행

하기로 되어 있는 고래잡이 항해를 위해 그램퍼스호의 출항을 준비한다. 핌을 데리고 갈 방법을 고민하던 어거스터스는 배가 되돌아올 수 없을 정도로 바다 멀리 나갈 때까지 핌을 선창에 숨어 있게 한다. 어거스터스는 나흘간 지낼 수 있는 충분한 식량과 물을 넣어놓은 관 같은 상자에 핌을 숨긴다.

나흘째 되는 날, 핌은 자신이 선창으로 들어올 때 통과했던 문이 잠겨 있는 것을 발견하고 공포에 휩싸인다. 계획과는 달리 어거스터스는 핌을 데리러 오지 않는다. 선창에 며칠간을 더 머물게 된 핌은 갈증과 굶주림으로 점점 쇠약해진다. 그러던 차에 뜻밖에도 핌의 개가 목숨을 유지하고 싶으면 몸을 숨기고 있으라는 어거스터스의 전언을 가지고 나타난다. 이윽고 열과 배고픔으로 병이 든 핌 앞에 어거스터스가 나타나, 배가 바다로 나간 지 며칠 후 선원들이 반란을 일으켰고, 따라서 그들은 큰 위험에 빠져 있다는 사실을 알려준다. 반란을 일으킨 선원들 중 더크 피터스는 소년들이 음식을 얻을 수 있도록 도와준다.

피터스와 소년 둘은 남아 있는 반란자들을 기습하여 선원 파커를 제외하고는 모두 죽인다. 그러나 그들은 곧 거대한 폭풍을 만나 배의 일부가 물에 잠기게 된다. 극심한 기아로 고통스러운 나날을 보내던 그들은 살아남기 위해 자기들 중 한 명을 잡아먹기로 하고, 누구를 희생시킬 것인가를 결정하기 위해 제비뽑기를 한다. 피를 말리는 제비뽑기 끝에, 처음 그 제안을 했던 파커가 뽑혀 살해당하고, 그들은 사흘 동안 그의 피와 살을 먹으며 연명한다. 그러는 동안 어거스터스는 싸우다가 생긴 상처가 덧나 살이 썩어 들어가다가 결국 숨을 거둔다. 다행히도 생존자들은 남해를 향하던 리버풀의 제인 가이 호에 의해 구조된다.

그들은 남극 바로 아래에 있는 한 섬에 정박하여 완전히 야만 상태로 살고 있는 세까만 원주민들을 발견한다. 상륙한 일행이 떠나기 전에 원주민들은 선원들을 함정에 빠뜨려 핌과 피터스를 제외한 선원 전부를 살해한다. 원주민들이 선원들을 학살하는 동안, 핌과 피터스는 바닷가 계곡에 숨어 무기력하게 그 광경을 지켜볼 수밖에 없다. 하지만 원주민들은 배를 뒤지다가 우연히 탄약이 폭발하는 바람에 거의 대부분 죽게 된다.

핌과 피터스는 해변에서 발견한 카누를 타고 바다로 나간다. 야만인들은 그들을 쫓아오지만 성공하지는 못한다. 남극에 들어선 카누는 이상하게도 따뜻한 바다에 들어서게 되고, 그들은 졸음이 온다. 남극은 모든 것이 흰색인 백색의 지역이다. 그곳에서는 마치 화산에서 분출되는 것처럼 하얀 재와 같은 물질이 끝없이 떨어지고, 하얀 새들이 날아다니며, 바닷물도 우윳빛이다. 이윽고 핌과 피터스가 탄 카누가 남극의 정점에 가까워졌을 때, 그들이 탄 보트는 커다란 폭포 안으로 빨려 들어가는데, 바로 그때 눈처럼 하얀 수의를 입은 거대한 인간의 형체가 바다에서 일어나 그들 앞에 솟아오른다. 그리고 그 불길한 흰 물체의 정체에 대한 아무런 설명도 없이 이 소설은 끝난다.

『아서 고든 핌』 어떻게 읽을 것인가?

미국의 역사는 탈출과 탐색의 항해와 여행으로 시작된다. 유럽을 탈출한 청교도들이 목숨을 건 오랜 항해 끝에 신대륙에 세운 나라가 바로 미국이기 때문이다. 그 후에도 미국인들은 다시 서부 개척을 위한 험난한 여행을 계속한다. 그들의 여행은 언제나 현실로부터의 과감한 탈출과 미래에 대한 새로운 담색을 의미하는 것이다.

그러한 토양에서 생성된 미국 문학 또한 그 시작부터 '탈출과 탐색의 여행'을 주요 모티프로 삼았다. 시나 희곡의 경우도 예외가 아니지만, 특히 미국 소설의 경우 '여행'은 부단히 반복되어 나타나는 가장 두드러진 주제가 된다. 물론 여행 모티프는 비단 미국 소설뿐 아니라 유럽 소설에서도 발견되는 것이다. 그러나 이 두 경우에 근본적인 차이가 있다. 제인 스타웃(Jane P. Stout)은 유럽 소설의 경우에 여행은 '영웅적 탐색'이 되는 반면, 미국 소설의 경우 그것은 곧 '밤의 여행'

이 된다고 지적하고 있다. '밤의 여행'은 결코 성배 탐색 같은 영웅적인 탐색이 되지 못한다. 그것은 차라리 은밀한 탈출과 고독한 탐색을 의미한다. 그리고 미국 소설의 그와 같은 '밤의 여행'은 미국의 꿈과 미국의 신화 속에 내재해 있는 악몽적 요소에 대한 미국 작가들의 첨예한 인식과 고뇌로부터 비롯되는 것이다.

에드가 앨런 포는 장편소설 『아서 고든 핌의 모험 *The Narrative of Arthur Gordon Pym of Nantucket*』에서 바로 그러한 '밤의 여행'을 극으로까지 몰고 간 미국 최초의 작가였다. 비평가 해리 르빈(Harry Levin)에 의해 "밤의 끝으로의 여행"이라고 불린 이 소설에서 포는 인간 심리의 가장 깊은 곳으로의 항해를 통해 백인 미국인들이 지향하는 순수하고 완벽한 유토피아의 극에 숨어 있는 어두운 악몽을 탐색하고 있다.

다른 주요 미국 소설들처럼 『아서 고든 핌의 모험』 역시 처음부터 꿈의 분위기를 강력하게 풍긴다. 예컨대 작품의 초반부에서 주인공 핌은 친구 어거스터스의 집에서 열린 파티에 참석하는데, "파티가 끝날 무렵 둘은 꽤 취하게 된다." 핌이 막 잠들려는 순간, 어거스터스가 그에게 "멋진 남서풍이 부는 이렇게 좋은 저녁에 개처럼 잠자리에 누워 있을 수는 없으니 일어나 배를 타고 신나게 달리자."고 하며 바다로 나가자는 제안을 한다. 두 사람은 낭만적인 분위기에 젖어 핌의 작은 배 '에어리얼' 호를 타고 밤의 여행을 시작한다. 그러나 그들의 낭만적 항해는 곧 냉혹한 현실에 부딪힌다. 어거스터스는 술에 취해 인사불성이 되고 핌은 항해술을 몰라 그들의 보트는 점점 항구로부터 멀어져 칠흑 같은 밤바다를 표류하게 된다. 그들의 낭만적인 밤의 여행은 이제 위험과 위협의 여행으로 변한다. 그러다가 소형 배인 '에어리얼(낭만적인 꿈)' 호는 대형 포경선 '펭귄(흑과 백이 대립되어 존재하는 냉혹한 현실)' 호와 부딪쳐 산산조각이 난다.

핌의 보다 더 본격적인 두 번째 항해는 안개가 자욱한 날에 시도된다. 핌은 포경선 '그램퍼스' 호에 몰래 승선해 갑판 밑 창고 속에 어거스터스가 마련해놓은 관(棺)처럼 생긴 상자에 들어가 은신한다. 그 속에서 핌은 마치 상징적인 관 또는 자궁 속에 들어가 재생을 꿈꾸는 사람처럼 물 위에 뜬 채로 사흘 동안 잠을 잔다. 핌의 꿈은 물론 모험을 동경하는 사람의 낭만적인 꿈—마치 미국을 세운 사람들의 꿈처럼 현실의 문제점을 의식하지 않는 낭만적인 꿈—이다. 그러나 미국인으로서 핌의 꿈은 결코 낭만적일 수만은 없다. 그래서 그의 꿈에는 그 정체가 확실치 않는 악몽의 요소가 비집고 들어온다. 더구나 그는 죽음의 상징인 관처럼 생긴 곳에 누워 자고 있다.

그런 생각을 하고 있는 동안에 나는 나도 모르게 다시 깊은 잠에 빠져 들어갔다. 나는 아주 무시무시한 꿈을 꾸었다. 온갖 재난과 공포가 내게 엄습하는 그런 꿈이었다. 그중 하나는 사납고 무섭게 생긴 악마들이 나를 거대한 두 개의 베개 사이에 끼워 죽이는 꿈이었다. 거대한 뱀들이 나를 칭칭 감고 무섭게 번쩍거리는 눈으로 내 얼굴을 노려보고 있었다. 그러고는 한없이 고독하고 두려운 형태의 끝없는 사막들이 내 눈앞에 펼쳐지는 것이었다. 그러더니 나뭇잎이 달리지 않은 거대한 잿빛 나무줄기들이 시야가 닿는 곳까지 끝없이 계속해서 불쑥불쑥 일어나는 것이었다. 그것들의 뿌리는 멀리까지 퍼져 있는 늪지 속에 감추어져 있는데, 그 늪의 색깔은 끔찍한 검은색이었다. 그 이상한 나무들은 인간처럼 생명이 있었으며, 앙상한 가지들을 흔들며 말없는 늪을 향해 극도의 절망과 고뇌의 찢어지는 듯한 비명을 지르며 자비를 구하고 있었다.

이제 장면은 바뀌어, 나는 벌거벗은 채 타는 듯이 뜨거운 사하라 사막에 홀로 서 있었다. 내 발치에는 열대 지방에 사는 사나운 사자가 웅크리고 앉아 있었다. 갑자기 그 사자가 눈을 뜨더니 나를 덮쳤다. 그리고 한 번 크게 경련하더니, 끔찍한 이빨을 드러내며 뛰어올랐다. 다음 순간 그의 목에서는 하늘에서 천둥이 치듯 포효하는 소리가 들려왔다. 나는 그 자리에서 땅바닥으로 쓰러졌다. 공포에 숨이 막혀 나는 반쯤 잠이 깨었다. 그런데 내 꿈은 꿈이 아니었다. 나는 의식을 되찾았다. 어떤 거대한 괴물이 앞발로 내 가슴을 무겁게 짓누르고 있었다. 그것의 뜨거운 숨결은 내 귓전을 건드렸고, 하얗고 무시무시한 이빨이 희미한 빛 사이로 내 위에서 빛나고 있었다.

악몽 속에서 잠이 깬 핌은 자신의 충견인 거대한 몸집의 뉴펀들랜드종 개가 자신을 짓누르고 있는 것을 발견한다. 그렇다면 그의 꿈은 꿈만은 아니다. 그것은 무서운 악몽과 끔찍한 현실이 뒤섞인 것이다.

관 속에서 핌이 꾸었던 그러한 악몽은 결국 갑판 위에서 벌어진 끔찍한 현실에 대한 일종의 사전 경고였음이 드러난다. 다시 갑판 위의 현실 세계로 나왔을 때 핌은 자신의 친구 어거스터스의 부친이자 그램퍼스호의 선장인 바나드 씨가 일등 항해사가 주도한 선상 반란에 의해 축출되고 배는 살육과 악몽의 현장으로 변해버렸다는 사실을 알게 된다.

포의 선배 작가인 워싱턴 어빙(Washington Irving)의 단편 소설 「립 밴 윙클 *Rip Van Winkle*」의 주인공 립은 기나긴 잠에서 깨어났을 때 드디어 자신의 낭만적 꿈—아내가 죽어 마침내 그녀의 지배로부터 벗어나게 된 것—이 실현된 것을 발견하고 기뻐한다. 그가 잠을 자고 있는 동안 미국 또한 영국의 지배로부터 벗어나게 되어 립의 개인적 꿈은 곧 미국인들의 집단적 꿈으로 확대된다. 아직 미국의 악몽을 통찰하지 못했던 워싱턴 어빙의 주인공 립의 꿈은 그래서 다분히 환상적이고 낭만적이다.

그러나 이에 반해, 길고도 불안한 잠에서 깨어난 포의 주인공 핌이 발견한 현실은 가장 끔찍한 악몽—선상 반란과 대량 살육—이었다. 그런 의미에서 포는 립 밴 윙클의 낭만적인 꿈속에 내재해 있는 어두운 요소를 꿰뚫어본 최초의 미국 작가라고 할 수 있다.

핌은 이제 무의식과 꿈의 세계로부터 일어나 현실과 악몽의 세계로 올라와서 다시 어거스터스와 같이 지내게 된다. 비평가 레슬리 피들러(Leslie A. Fiedler)와 대니얼 호프만(Daniel Hoffman)이 지적하듯이, 핌의 친구 어거스터스는 사회의 규범이나 관습과 연관된 '이성(rationality, super-ego)'을 상징하는 핌의 또 다른 자아라고도 볼 수 있다. 그러므로 비이성적인 행위인 선상 반란과 그 반란 세력을 제압하려는 혼란의 와중에서 어거스터스가 부상을 입고, 이후 극심한 기아로 고통속에서 동료의 인육을 먹은 다음, 곧 죽어 바다에 수장되는 것은 어거스터스의 그러한 특징상 당연한 일처럼 보인다. 왜냐하면 핌은 이제 곧 이성의 세계를 떠나 비이성과 무의식의 세계 속으로 또 다른 항해를 떠나기 때문이다.

픔은 이제 어거스터스 대신 백인과 인디언의 혼혈인 더크 피터스를 새로운 동반자로 맞이한다. 무의식의 상징인 피터스와 더불어 표류를 계속하던 픔은 마침 근처를 지나던 영국 상선 '제인 가이' 호에 의해 구조되고, 그 후 모든 것이 검은색인 살랄 섬에 착륙했다가 원주민들의 음모로부터 구사일생으로 빠져나와 드디어 모든 것이 흰색인 남극으로 흘러 들어가게 된다.

　『아서 고든 픔의 모험』에서 제시되고 있는 가장 중요한 주제 중 하나는 바로 흰색과 검은색의 대립과 '자리바꿈'이다. 포가 살았던 19세기의 통념에 의하면, 흰색은 순결하고 신성한 색이고 검은색은 불결하고 불길한 색이었다. 그리고 그러한 통념은 곧 흑인(또는 유색인)에 대한 백인의 편견으로 확대되었다. 그러나 포는 이 소설에서 흑과 백의 위치가 결코 절대적이 아니고 사실은 서로 뒤바뀔 수도 있음을 부단히 시사해주고 있다.

　그래서 이 소설에서 검은색은 끊임없이 픔을 위협하는 공포와 죽음의 색으로 묘사되는 동시에 픔을 보호해주는 구원과 우정의 색으로도 제시되고 있다. 일례로 목숨을 위협하는 수많은 모험을 겪을 때마다 옆에서 픔을 도와주고 구해주는 혼혈인 피터스의 우정을 들 수 있다. 흰색 역시 검은색의 위협으로부터 픔을 보호해주는 순수하고 모성적인 구원의 색으로 등장하지만, 동시에 사방에 자욱한 안개처럼 흐릿하고 수수께끼 같은 모호한 색으로도 제시되고 있다.

흑백의 이중적 대립과 자리바꿈은 이 소설의 도처에서 나타나고 있다. 예컨대 "완벽한 악마"로 지칭되는 공포의 흑인 요리사, 치아까지도 검은 살랄 섬의 원주민들, 죽음의 검은 화강암 심연, 불길하게 느껴지는 거대한 검은 새 등은 분명 부단히 핌을 위협하는 부정적인 은유로 제시되고 있지만, 반면에 그 위험에 처할 때마다 나타나 도움을 주는 피터스의 검은 피부색은 분명 위안과 구원의 색이 된다. 살랄 섬의 검은 위협으로부터 벗어나 핌이 도피하는 남극의 순백색 역시 백인들의 이상향 또는 모성적 구원의 메타포로 제시되고 있지만, 반면에 시체의 역겹고 창백한 공포의 색, 불길하고 수수께끼 같은 파멸의 색, 하얀 안개로 표상되는 모호한 색, 검은 피부의 시체를 탐식하는 피 묻은 착취의 색으로도 제시되고 있다.

셔츠의 일부가 찢겨나가 맨살이 드러난 그의 등에는 거대한 갈매기가 끔찍한 살을 게걸스럽게 파먹고 있었다. 그것의 부리와 발톱은 시체 깊숙이 박혀 있었고 깃털은 온통 피범벅이었다.

검은색이 초래하는 온갖 위협으로부터 도망쳐 나온 핌과

피터스는 이 소설의 마지막 부분에서 드디어 남극에 도착하게 된다. 모든 것이 흰색으로만 뒤덮인 남극은 그동안 검은색의 공포에 시달려온 그들에게 일견 구원의 메타포처럼 보인다. 그러나 사실 그 백색의 극치이자 백인들의 이상향인 남극은 "눈을 멀게 하는 흰색"의 지역이고, 모든 것이 하얀 안개의 장막으로 가려진 불가해한 곳이며, 또 수의를 입은 수수께끼 같은 거대한 인간의 형체가 물속에서 솟아나와 길을 막고 있는 불길한 장소로 제시되고 있다.

비록 살아 돌아와 자신이 겪은 악몽—파멸의 꿈—에 대해 말해주고는 있지만, 핌은 자신이 남극의 극점에서 목격한 하얀 수의를 입은 존재의 정체에 대해서는 아무 말도 해주지 않고 죽는다. 물론 멜빌의 주인공 이스마엘이 "수의를 입은 것 같은 수수께끼의 흰 고래 모비 딕"의 정체를 몰랐던 것처럼, 포의 주인공 핌도 수의를 입은 그 수수께끼 같은 형체의 정체가 무엇인지 몰랐을 수도 있다. 그러나 그 불가사의한 존재가 바로 흑백의 대립과 자리바꿈에 대한 작가 포의 이중적 비전을 나타내주는 하나의 중요한 메타포라는 데는 의심의 여지가 없다.

비록 보스턴에서 출생하기는 했지만 포는 근본적으로 남부 버지니아인이었다. 그래서 포는 흑백의 대립 문제에 대해 그 어떤 북부 작가들보다도 더 잘 알고 있었다. 1831년 8월에 발생한 냇 터너(Nat Turner)의 반란이 그 좋은 예가 되듯이, 포의 시대는 흑인 노예 반란의 위험이 본격적으로 시작되던 때였다. 더구나 당시에는 백인들보다 흑인들의 인구 증가가 훨씬 빠르게 진행되던 때여서 백인들은 흑인 노예들의 반란에 대해 상당한 불안감을 갖고 있었다.

상징적인 관 속에서 잠이 든 자신 위에 반갑다고 올라탄 충견 타이거를 자기를 죽이려는 괴물로 착각하는 핌의 경우는 흑인 노예 반란의 가능성에 대한 백인들의 바로 그러한 강박관념과 불안 의식을 은유적으로 잘 보여주고 있다(물론 나중에 그 거대한 검은색의 뉴펀들랜드종 개 타이거는 진짜로 미쳐서 주인을 물어 죽이려고 한다). 비록 포는 자신이 노예제도 폐지론자는 아니었지만 그러한 흑백 대립의 위험성과 문제점을 깨닫고 이 소설에서 흑백에 대한 이중적 비전을 제시하려고 했던 것으로 보인다.

그가 작품의 서두에 등장시킨 '펭귄'호가 특별한 의미를 갖는 것도 바로 그러한 맥락에서이다. 즉, 서두의 예비 항해에서 핌이 만나는 펭귄호는 핌이 곧 본격 항해에서 대면해야만 하는 흑백의 양극 문제를 미리 예시해주고 있는 것처럼 보인다. 과연 핌의 술 취한 야간 항해(낭만적 꿈)는 바로 이 펭귄호(흑백 대립의 현실)와 부딪쳐 좌절되며, 동시에 핌은 바로 그 펭귄호(흑백의 조화와 공존)에 의해 구조된다. '펭귄'이 하나의 경고인 동시에 가능성의 비전이 되는 것은 바로 그러한 맥락에서이다.

　그런 의미에서 『아서 고든 핌의 모험』은 한 꿈꾸는 미국 소년이 백색의 유토피아인 남극으로의 항해를 통해 겪고 또 목격하게 되는, 아름다운 미국의 꿈속에 감추어진 추악하고 끔찍한 악몽에 대한 이야기라고 할 수 있을 것이다. 이 악몽은 물론 미국의 독특한 현실이지만 궁극적으로는 인간 모두의 보편적 상황으로 확대된다. 그래서 핌의 항해는 흑과 백, 삶과 죽음, 의식과 무의식, 현실과 환상, 그리고 꿈과 악몽의 경계가 와해되는 지역으로 우리를 데리고 가는, 자아 발견과 탐색의 여행이 된다.

　포는 이 소설에서 결국 백인들의 꿈과 유토피아가 곧 백인들의 악몽과 디스토피아가 될 수도 있다는 것을 독자들에게 암시해주고 있으며, 핌의 모험담은 바로 그러한 역할을 효과적으로 수행해내고 있다.

등장인물

아서 고든 핌

　'아서 고든 핌'이라는 이름은 포의 이름과 남극을 탐험한 선장 심즈의 이름을 조합한 것이다. 프로이트의 이론을 빌리면 핌은 '자아'의 상징이고, 그의 친구 어거스터스는 '초자아'이며, 인디언 혼혈 더크 피터스는 '무의식(이드)'을 상징한다. 핌은 낭만적 모험가이다. 그와 피터스를 구해준 제인 가이호의 선장이 남극으로 내려가지 않고 되돌아가려고 할 때, 어느 누구도 보지 못한 것을 보겠다는 유혹에 빠져 선장을 설득하는 것도 바로 핌이다. 그는 『모비 딕』의 화자 이스마엘처럼 일생일대의 모험에서 살아 돌아와 자신이 보았던 것에 대해 인류에게 경고해준다.

어거스터스 바나드

'어거스터스'라는 이름은 '이성'을 의미한다. 어거스터스가 핌의 분열된 자아 또는 핌과 동일인이라는 암시는 여러 번 언급된다. 예컨대 작품 초반부에 핌은 늘 어거스터스와 한 침대에서 잠을 자는데, 미국 문화에서 한 침대에서 잔다는 의미를 생각해볼 때 그것은 두 사람이 결국 한 사람이라는 암시라고 해석할 수 있다. 두 사람은 또 함께 술에 취해 무모한 야간 항해에 나서는데, 여기서도 포가 즐겨 사용하는 '술 취함'의 모티프가 발견된다. 어거스터스는 핌을 보호하고 이끌어주다가 작품 후반부에 더크 피터스가 나타나 자신의 역할을 대신하게 되자 죽어서 핌의 곁을 떠난다. 그런 의미에서 피터스는 의식의 세계에서 핌과 함께 모험을 겪는 동반자이고, 더크 피터스는 무의식의 세계에서 핌을 도와주는 동반자라고 할 수 있다.

더크 피터스

피터스는 인디언 여성과 변경의 모피상 사이에서 태어난 혼혈인이다. 그의 외모는 무시무시하고 흉측하게 묘사된다. 굽은 팔다리와 두텁고 넙적한 손, 벗어진 머리에는 털모자를 쓰고 있다. 입은 거의 양쪽으로 귀까지 찢어져 있고, 밖으로 길게 튀어나온 이 때문에 입술을 다물 수 없어 마치 억지웃음을 짓고 있는 듯한 모습이다. 그는 어거스터스가 죽은 뒤부터는 핌의 동반자가 되어 거친 바다와 광야에서 핌을 보호해주는 역할을 한다. 심리학적으로 보면 피터스는 핌의 무의식인 '이드'의 상징이라고 할 수 있다.

평론가 레슬리 피들러에 의하면, 더크 피터스는 미국 소설에 등장하는 백인을 도와주는 유색인 동반자의 전형이다. 예컨대 『모히칸 족의 마지막 후예』에서의 내티 범포와 인디언 칭카치국, 『모비 딕』에서의 이스마엘과 폴리네시아인 퀴켁, 그리고 『허클베리 핀의 모험』에서의 허크와 흑인 짐처럼, 핌과 피터스 또한 미국 소설에 나타나는 백인 주인공과 유색인 동반자의 역할을 하고 있다는 것이다. 그들은 광야나 바다에서 인종을 초월한 우정을 나누고, 서로를 사랑하고 이해하게 된다. 피들러는 비평서 『미국 소설에 나타난 사랑과 죽음』에서, 두 인종 사이의 광야에서의 우정을 "현실에서는 불가능한 백인과 유색인 사이의 우정을 작가들의 상상 속에서나마 이루는 것"이라고 평하고 있다.

집필 배경 및 작품 구성

1836년 3월 하퍼스 출판사 편집자는 포에게 그의 장편을 출판하고 싶다는 편지를 보냈고, 포는 바다의 젊은이들을 다루는 모험 이야기를 쓰기로 결정했다. 당시는 미지의 바다 특히 남극에 대한 신비감이 화제가 되던 때여서, 항해 모험담은 큰 인기가 있었다. 또한 남극의 극점에 가면 배가 빨려 들어가 태평양으로 빠져나오게 된다는 이야기들이 선원들 사이에서 유행이었고, 신비스러운 흰 고래 '모카 딕'의 이야기도 뱃사람들 사이에 화제가 되던 시절이었다.

포는 항해술과 포경에 대한 책들을 읽고서 얻은 바다에 대한 방대한 지식을 바탕으로 이야기를 써나갔다. 그 결과 포는 소설 중간에 바다와 선박 그리고 항해술에 관한 자신의 지식을 한 장씩 할애해 집어넣었는데, 이는 소설에 신빙성은 주었지만 이야기의 흐름을 끊고 모험의 재미를 반감시키는 역효과도 가져왔다. 이를테면 배에 짐을 선적하는 요령에 대한 이야기라든가 갈라파고스 섬에 서식하는 동물들과 해삼에 대한 전문적인 이야기들이 그런 예라고 할 수 있다. 그는 당시 지구의 내부가 텅 비어 있어서 양극의 커다란 구멍을 통해 지구 내부에 이를 수 있다고 주장한 존 클로브 심즈의 여행기 『심조니아』를 읽고 『아서 고든 핌의 모험』의 결말에 대한 착상을 얻었다.

『아서 고든 핌의 모험』을 집필하고 있을 당시에 포는 문예지 『서던 리터러리 메신저』에서 일하고 있었다. 포는 『아서 고든 핌의 모험』의 첫째 장과 둘째 장을 자신이 일하고 있던 잡지사 편집장에게 보였고, 이것이 받아들여져 『서던 리터러리 메신저』 1월과 2월호에 실렸다. 이후 『아서 고든 핌의 모험』은 1838년 하퍼 출판사에 의해 조그만 책으로 출판되었지만 초판조차도 다 팔리지 않은 실패였다.

『아서 고든 핌의 모험』의 구성은 문학적으로 무척 정교하게 짜여 있다. 아서 고든 핌 자신이 쓴 것으로 추정되는 서문에 의하면, 저자가 겪은 경험은 모두 사실이지만 저자 자신이 글을 잘 쓰지 못하기 때문에 모험의 앞부분은 작가 포가 쓰는 것으로 소설 출판에 동의했다는 식으로 되어 있다. 그러다가 독자들의 지속적인 요구로 핌은 결국 실제로 일어난 일들을 완전히 사실적으로 설명한 책을 자기 이름으로 출간한다. 일종의 문학적 게임인 이런 구성은 19세기 당시에는 엄청나게 인기가 있었다.

포가 이 작품을 집필할 무렵 흑인 노예 냇 터너의 반란이 일어나 백인 사회를 공포로 몰아넣었다. 스스로 흑인 노예들의 구세주를 자청한 냇 터너는 12명의 제자들을 거느리고 북부로 올라오면서 백인 농장주들을 학살했다. 포는 바로 그리한 흑백 대립의 사회문제를 이 작품의 또 다른 주제로 차용하여 이야기를 풀어나가고 있다. 예컨대 상륙했다가 검은 피부의 원주민들에게 속아 핌과 피터스를 제외한 백인 선원이 전원 학살당하는 살랄 섬—이곳은 모든 것이 검은색이고, 흰색은 터부이다—은 모든 것을 눈멀게 하는 흰 남극과 강렬하게 대비되는 흑백 양극의 상징이다. 또한 핌의 충견이었다가 나중에는 미쳐서 핌을 죽이려고 덤벼드는 뉴펀들랜드종 개 역시 검은색이라는 점은 흑인 노예에 대한 백인 주인의 두려움에 대한 훌륭한 상징이라고 할 수 있다.

『아서 고든 핌의 모험』은 독창성이 부족하고 전체 구성이 일련의 에피소드와도 같아서 여행과 위험이라는 그 자체의 주제 외에는 전체를 관통하는 주제가 없다는 비판을 받기도 했다. 그럼에도 불구하고 마지막의 수수께끼 같은 결론은 이 작품에 중후한 상징적 해석을 가져다준다.

남극의 극점에서 핌과 피터스가 보았던 그 불가사의한 하얀 형체를 무엇으로 생각해야 하는가? 남극은 모든 것이 하얀 백색의 정점이다. 흰색은 그들이 폭포 안으로 빨려 들어갈 때 떨어져 내린 재에서도 강조된다. 재는 항상 파멸과 육체적인 죽음과 연결되어왔다. 어쩌면 포는 지상의 모든 존재가 무너져 가는 계시록적인 파멸의 비전을 보여주기 위해 그런 이미지를 차용하고 있는지도 모른다. 이 소설의 결론에 나오는 상징적 장면에 대한 의미는 앞으로도 독자들 사이에 많은 논쟁거리가 될 것이다.

2 리라이팅

포의 작품들은 크게 추리소설과 심리공포소설로 나누어진다.

예컨대 「모르그가의 살인 사건」 「도둑맞은 편지」

「마리 로제의 수수께끼」 「황금충」 같은 작품들은 추리소설이고,

「어셔가의 몰락」 「검은 고양이」 「아몬틸라도의 술통」

「붉은 죽음의 마스크」 「홉 프로그」 「윌리엄 윌슨」 「생매장」 같은

작품들은 심리공포소설이라고 할 수 있다.

포의 유일한 장편 소설인 『아서 고든 핌의 모험』은

남극으로의 여행이라는 모티프를 통해

인간의 심리와 미국의 문제를 동시에 탐색한

대단히 상징적인 작품이다.

포가 쓴 시 중에서 유명한 것으로는

「애너벨 리」 「갈까마귀」 「헬렌에게」 「유령 궁전」 등이 있다.

모르그가의 살인 사건

파리에서 한때를 보내던 나는 그곳에서 몰락한 귀족의 후예인 오귀스트 뒤팽을 알게 되었다. 우리는 몽마르트가의 어느 도서관에서 서로 같은 책을 찾다가 처음 만났으며 곧 친해졌다. 우리는 서로 뜻이 맞아 같이 살기로 하고, 경제적 여유가 있는 내가 생 제르맹가에 있는 허름한 집을 세를 내어 함께 지내게 되었다.

뒤팽은 밤을 좋아해서 낮에도 두터운 커튼을 치고 지냈다. 뒤팽과 나는 세상과 단절하고 하루 종일 촛불 아래서 책을 읽거나 토론을 하다가 밤이 되면 거리로 뛰쳐나가 도시의 밤거리를 방랑하곤 했다. 그러는 동안 나는 뒤팽이 창조력과 분석력을 갖춘 대단한 인물임을 깨닫게 되었다.

어느 날 우리가 파리의 밤거리를 말없이 산책하고 있는데 갑자기 뒤팽이 내게 이런 말을 했다.

"사실 그자는 체구가 너무 작아. 바리에테 극장에나 어울릴 거야."

"정말 그래."

무심결에 맞장구를 치던 나는 다음 순간 뒤팽이 내 생각을 꿰뚫고 있었다는 사실에 소스라치게 놀랐다.

"아니, 도대체 내 생각을 어떻게 알 수 있었나?"

"자넨 배우 샹틸리 생각을 하고 있었잖아."

뒤팽이 웃으며 말했다.

"내가 그자 생각을 하고 있다는 걸 도대체 어떻게 알았지?"

"그건 좀 전에 자네를 밀친 그 과일 장수 때문이라네."

뒤팽은 15분가량 말없이 걸어오는 동안 줄곧 내 시선과 표정을 살핌으로써 내 마음속의 생각을 읽어낼 수 있었다고 말했다. 그의 유추는 놀랍게도 정확했다. 나와 뒤팽의 마지막 대화는 말과 마차와 도로에 관한 것이었는데, 과일 장수가 밀쳐서 넘어진 내 시선이 보도의 바퀴 자국을 향하고 있어서 뒤팽은 내가 여전히 보도블럭을 생각하고 있었음을 알 수 있었던 것이다. 이윽고 우리가 돌을 깔아 고정시킨 라마르틴느 골목에 접어들었을 때 내 표정이 밝아지는 것을 보고 뒤팽은 이번에는 내가 '돌 다듬는 기술'에 대해 생각하고 있는 것을 눈치 챘고, 돌 다듬는 기술이라는 단어인 '스테레오토미'는 곧 '아토믹'이라는 단어를 연상시키고, 아토믹은 또 곧 '에피큐로스'를 연상시킨다는 것까지 알아냈다. 그런데 에피큐로스는 성운 우주설과 연결되고, 성운 우주설은 또 '오리온'과 연결되며, 오리온은 원래 '우리온'이라고 불렸기 때문에 '두 개의 이름'에 내 생각이 미쳤을 것이라고 뒤팽은 유추했다. 그런데 최근 '두 개의 이름'으로 기사거리가 된 것은 구두 수선공에서 이름을 바꾸고 배우로 나섰다가 혹평을 받은 샹틸리밖에 없기 때문에, 뒤팽은 자연히 내가 그 실패한 배우를 생각하고 있었으리라고 유추한 것이다.

이어 우리는 바로 석간신문을 들여다보았는데, 거기에는 파리 역사상 가장 끔찍한 살인 사건이 뉴스로 나와 있었다. 내용인즉, 모르그가에 있는 집 4층에 살고 있는 라스파네 부인과 그녀의 딸 까미유가 처참하게 살해당했다는 것이다. 비명 소리를 들은 주민의 신고를 받고 출동한 경찰과 주민 십여 명이 층계를 올라가고 있을 때, 몇 마디 거칠게 싸우는 소리가 들렸다. 문은 안으로 잠겨 있어서 경찰이 문을 부수고 방 안으로 들어갔다.

방 안은 난장판이었다. 가구들은 다 부서지고, 의자 위에는 피 묻은 면도칼이 놓여 있었으며, 벽난로 위에는 통째로 뽑힌 피투성이가 된 여자의 머리카락이 놓여 있었다. 그런데 방 안에 4천 프랑이 들어 있는 돈 가방은 그대로 있었다. 벽난로 속 굴뚝에는 딸의 시체가 거꾸로 박혀 있었는데, 전신에 상처가 나 있고 목이 졸려 죽은 흔적이 있었다. 노부인의 시체는 목이 거의 떨어져 나간 상태로 건물 뒤쪽에서 발견되었으며, 시체를 들자 머리가 그대로 떨어져 나갔다. 문제는 방문과 두 개의 창문은 모두 안에서 잠겨 있는데, 어떻게 시체 하나는 집 밖에서 발견되고, 또 범인은 과연 어디로 증발했느냐는 것이었다.

다음 날, 신문은 보다 더 자세한 내용을 보도했다. 층계에서 들린 두 사람이 다투던 소리 중 한 사람의 말은 프랑스어로 "맙소사!" 같았고, 또 다른 자가 내뱉은 말은 째지는 듯한 정체불명의 언어였다고 했다. 이웃에 사는 프랑스인 앙리 뒤발은 층계참에서 들려온 그 이상한 말이 스페인어 같았다고 증언했는데 그는 스페인어를 모르는 사람이었다. 네덜란드인 오덴하이머는 그것이 프랑스어 같았다고 했는데 그 역시 아직 프랑스어를 몰라 통역을 통해 진술했다. 영국인 윌리엄 버드는 자기가 들은 말이 독일어처럼 들렸다고 진술했는데 그도 독일어를 몰랐다. 스페인 사람 알폰소 가르시오는 그 말이 영어처럼 들렸다고 말했지만 그 또한 영어를 모르는 사람이었다. 이탈리아인 알베르토는 그것이 러시아어 같았다고 증언했는데 그는 러시아어를 할 줄 몰랐고, 두 번째 프랑스인

몽타니는 그 말이 이탈리아어 같았다고 진술했는데 그 역시 이탈리아어를 모르는 사람이었다.

경찰은 아돌프 르 봉을 혐의자로 체포해 수감했다. 뒤팽은 이 사건에 비상한 관심이 있는 것처럼 보였다. 뒤팽은 잘 아는 경찰청장의 허가증을 받아서 나와 함께 현장으로 갔다. 건물 주위를 면밀히 살펴본 다음, 그는 허가증을 보이고 범행 현장인 방 안으로 들어갔다. 방 안은 신문에 보도된 그대로였다. 주의 깊게 방 안을 살펴보던 뒤팽은 특히 안에서 잠긴 두 개의 창문을 면밀히 조사했다. 돌아오는 길에 뒤팽은 신문사에 잠깐 들렀다.

그 후 뒤팽은 다음 날까지 침묵을 지켰다. 그러더니 뒤팽은 느닷없이 지금 범행과 연관 있는 사람을 기다리고 있다고 내게 말했다. 그를 기다리는 동안 뒤팽은 자신의 추리를 내게 설명해주었다.

"여러 사람이 범인으로 추정되는 자의 소리를 들었네. 그러나 그 많은 유럽인이 알아듣지 못한 언어라면 그건 인간의 언어가 아닐 수도 있지. 물론 자네는 아시아어나 아프리카어일 수도 있다고 하겠지만, 지금 파리에는 아시아인이나 아프리카인이 거의 없지 않은가."

뒤팽은 바로 그 점에서 우선 이 사건이 보통 살인 사건과는 다르다는 점을 눈치 챘던 것이다.

"다음으로 나는 방 안을 조사했네. 돈을 가져가지 않았다는 점이 참으로 이상했네. 물론 원한에 의한 살인이라고 말할 수도 있겠지만, 두 모녀는 원한을 살 만한 일이 없었고, 복수를 위한 살인이라고 해도 경찰의 수사에 혼선을 주기 위해 범인들은 대개 돈을 가져가는 법이지. 따라서 이 사건은 이상하게도 동기가 없다네. 이 세상에는 동기가 없는 살인이란 없는데 말이야. 그래서 안에서 잠긴 창문들을 면밀히 조사해보니, 둘 중 하나가 잠긴 것처럼 보였을 뿐 사실은 출입이 가능해 범인이 그리로 도망갔다는 것을 알 수 있었네. 범인은 엄청나게 힘이 센 자라고 생각되었네. 딸의 시체를 벽난로 굴뚝에 쑤셔 박으려면 장정 한두 사람의 힘으로는 안 되지. 더구나 나이 든 여자의 시체도 목을 거의 자른 상태로 손쉽게 창밖으로 집어 던졌단 말이야. 보통 살인범은 사람을 죽일 뿐 그런 짓은 하지 않아. 이건 야수와도 같은 잔혹성이 느껴지는 살인 사건이었네. 나는 현장을 조사하다가 오랑우탄의 털을 발견했다네. 오랑우탄 같으면 충분히 그럴 수 있지. 현장에서 들려온 "맙소사!"라는 프랑스 말은 아마도 그 오랑우탄을 뒤쫓아 온 주인이 낸 소리였을 거야. 그래서 신문에 오랑우탄을 보호하고 있으니 찾으러 오라는 광고를 낸 걸세."

뒤팽이 말을 마쳤을 때 선원 하나가 머뭇거리며 들어섰다. 뒤팽이 그에게 사실을 털어놓으라고 다그치자, 선원은 비로소 사연을 이야기하기 시작했다.

"보르네오에서 오랑우탄을 잡았고 그놈을 팔려고 파리로 데려왔는데, 그만 그놈이 사고를 친 겁니다. 어느 날 집에 돌아와 보니 오랑우탄이 거울 앞에서 면도칼을 들고 면도하는 흉내를 내고 있었지요. 그러다가 저와 눈이 마주치자 겁이 난 그놈은 면도칼을 손에 쥔 채 달아났습니다. 그놈은 어느 건물의 피뢰침을 타고 4층 방으로 들어가, 마침 금고를 열어놓고 서류 정리를 하고 있던 모녀 중 어머니의 머리채를 잡고 면도를 해주려고 했습니다. 부인이 비명을 지르자 놀라고 화가 난 오랑우탄은 그만 부인의 목을 자른 것입니다. 피를 보자 더욱 흉포해진 그놈은 기절해 쓰러진 딸도 목을 졸라 죽이고 말았지요. 그 순간 창틀에 올라 선 저와 눈이 마주친 겁니다. 크게 놀란 그놈은 가구를 마구 부수더니, 아마도 자신의 잘못을 감추기 위해서인지 벽난로 굴뚝 속에 딸의 시체를 쑤셔 넣고, 나이 든 부인의 시체는 창밖으로 던졌습니다. 그러고 나서 도망쳤는데 그 센 힘으로 밀고 나가자 창문이 다시 닫힌 겁니다."

뒤팽의 뛰어난 추리 덕분에 억울하게 체포되었던 아돌프는 풀려나고, 선원은 후에 오랑우탄을 붙잡아 동물원에 팔아서 큰 돈을 벌었다.

도둑맞은 편지

파리의 어느 바람 부는 저녁, 화자와 뒤팽은 뒤팽의 서재에서 한 시간 동안 파이프 담배를 피우며 모르그가의 살인 사건과 마리 로제 살인 사건에 대해 명상을 하고 있는데, 때마침 경찰청장 G가 찾아와 침묵을 깬다. 그는 최근 일어난 이상한 사건에 대해 뒤팽의 도움을 요청한다.

경찰청장에 의하면, 궁중의 어느 고귀한 여성(아마도 왕비)이 공작에게서 온 연애편지를 읽다가 갑자기 남편(아마도 왕)이 들어오자 서랍 속에 감추려 했으나 여의치 않자 남편의 시선을 끌지 않기 위해 탁자 위에 아무렇게나 던져놓는다. 바로 그때 왕비의 정적인 D장관이 들어와서 편지에 쓰인 필체를 본다. 장관은 즉시 그 편지의 정체를 알아채고는, 그 옆에 다른 편지를 놓아두고 잠시 이야기하다가 자기 것인 양 왕비의 편지를 집어 들고 나가버린다. 왕비는 그걸 알면서도 왕의 주의를 끌까봐 염려되어 아무 말도 못하고 두 눈을 버젓이 뜬 채 편지를 도둑맞는다.

D장관이 그 편지를 이용해 왕비에게 정치적 압력을 가하자, 견디지 못한 왕비는 거액의 사례금을 걸고 경찰청장에게 도둑맞은 편지를 되찾아달라고 부탁한다. 장관은 대담하고 강력한 권력을 가진 사람이어서 경찰청장은 조심스럽게 수사를 시작한다. 다행이 장관은 자주 집을 비우거나 밤새 집에 돌아오지 않는 경우가 잦아, 경찰청장의 수색을 수월하게 해준다. 경찰청장은 장관이 시인이라서 바보와 별 다를 바 없다고 장관을 폄하한다.

경찰관들은 D장관의 저택을 구석구석 이 잡듯이 뒤지지만 편지를 찾지 못한다. 방 하나에 일주일씩이나 걸려 비밀 서랍이 있는가도 알아보고, 장롱, 의자, 침대 다리, 테이블보, 심지어는 모든 가구의 이음새까지도 수색의 대상이 되지만 편지는 끝내 발견되지 않는다. 경찰청장은 이웃집까지도 수색하고, 정원의 벽돌 틈새며 서재의 책갈피도 완벽하게 모조리 뒤진다. 그러나 편지의 행방은 오리무중이다. 카펫을 들어내고 마룻바닥도 현미경으로 꼼꼼히 조사하지만 역시 결과는 마찬가지이다. 석 달을 허비한 다음, 드디어 모든 가능성을 소진한 경찰청장은 마지막 희망으로 뒤팽을 찾아온 것이다. 경찰청장은 이야기를 마치고 돌아간다.

그로부터 한 달 후, 경찰청장이 다시 뒤팽을 찾아온다. 사례금이 얼마냐고 묻는 뒤팽에게 경찰청장은 5만 프랑이라고 대답한다. 경찰청장으로부터 5만 프랑의 수표를 받아든 뒤팽은 서랍에서 도둑맞은 편지를 꺼내 건네준다. 경찰청장은 뛸 듯이 기뻐하면서 그 편지를 받아들더니 인사도 없이 나가버린다.

경찰청장이 떠난 후, 뒤팽은 어떻게 편지를 되찾았는지를 화자에게 설명해준다. 뒤팽은 경찰이 완벽한 수사를 했지만 편지는 그들의 수사 범위 밖에 있었다고 화자에게 말한다. 그는 경찰청장이 마치 그리스 신화의 프로크루스테스처럼 자신의 수사 방법을 D장관에게 맞추려 했기 때문에 실패한 것이라고 지적한다(프로크루스테스는 지나가는 사람들을 붙잡아다가 자신의 침대에 눕힌 다음, 침대 사이즈에 맞게 사람들의 몸을 늘이거나 줄여서 죽인 악당이다).

그러면서 뒤팽은 '홀수·짝수 게임'에서 늘 이기는 8세 아동의 말을 인용한다.

나는 누군가가 얼마나 현명한가, 얼마나 어리석은가, 얼마나 선한가, 얼마나 악한가, 혹은 그 순간 무엇을 생각하고 있는가를 알고 싶으면, 내 얼굴 표정을 상대방의 표정과 정확하게 일치시킨 후 내 생각이나 마음에 어떤 느낌이 떠오르는가를 기다리지요.

뒤팽은 추리하는 사람의 시능을 범인의 지능과 동일시하면 범인의 마음을 읽어낼 수 있다고 말해준다. 그러나 그 경우는 물론 탐정과 범인의 지력이 비슷할 때 가능한 것이다. 그는 경찰청장이 실패한 것은 우선 시인이라는 이유로 D장관을 바보 취급을 했고, 다음은 경찰청장의 지력이 장관의 지력에 필적할 수 없기 때문이라고 말한다. 시인에게는 보통 사람의 추리를 뛰어넘는 상상력이 있는데 시인을 무시하는 경찰청장이 그것을 알 턱이 없고, 자신의 관습적인 수사 관행만을 내세우다 보니 자신보다 훨씬 더 지력이 뛰어난 상대방의 마음과 생각을 읽어낼 수 없었다는 것이다. 탐정에게는 적어도 상대방의 지력을 측량할 수 있는 정확성이 있어야 한다는 것이다.

뒤팽은 장관이 수학자이자 시인이었기 때문에 경창청장이 도둑맞은 편지를 찾아낼 수 없었다고 말한다. 뒤팽은 만일 장관이 단순히 분석에 근거한 수학자였다면 경찰청장이 쉽게 그 편지를 찾아냈을 테지만, 상상력을 바탕으로 하는 시인이었기 때문에 편지를 기발한 곳에 감출 수 있었다고 한다. 장관은 자기가 감시받고 있다는 사실을 잘 알고 있었으며, 그래서 오히려 저택을 자주 비워줌으로써 경찰청장으로 하여금 마음 놓고 수사하게 한 다음 빨리 포기하게끔 했다는 것이다.

뒤팽은 화자에게 늘어서 있는 간판들 중 큰 간판은 너무 크기 때문에 오히려 눈에 잘 뜨이지 않는다고 말한다. 또 지도에서 지명을 찾는 놀이에서도 하수(下手)들은 작은 글자들에 집착하지만 고수(高手)들은 큰 지명을 갖고 게임을 한다고 말한다. 큰 글자로 된 지명은 너무나 크고 명백해서 오히려 사람들의 눈에 잘 뜨이지 않는다는 것이다. 그래서 뒤팽은, D장관 역시 사람들의 눈에 가장 잘 띄고 너무나 명백해서 아무도 의심하지 않을 만한 공개적인 장소에 편지를 감추었을 것으로 추리하게 되었다는 것이다.

그렇게 추리한 다음, 뒤팽은 D장관의 경계심을 무너뜨리기 위해 시력이 나쁜 것처럼 꾸며 안경을 쓴 채 장관을 찾아간다. 장관과 이야기하는 척하면서 부지런히 거실을 살피던 뒤팽은 벽난로 위 서류꽂이에 엽서 몇 개와 편지 하나가 아무렇게나 꽂혀 있는 것을 발견한다. 그 편지는 지저분하고 구겨져 있었으며, 어느 부인이 장관에게 보내는 식으로 주소가 씌어져 있었다. 그것은 경찰청장이 묘사한 편지와는 모양이 전혀 달랐지만 뒤팽은 바로 그것이 도둑맞은 편지라는 것을 알아차린다. 더욱이 깔끔한 성격의 장관과는 어울리지 않게 찢어지고 더러워진 그 편지는 사람들을 속이기 위한 의도적인 장치임이 분명했다. 편지 모양을 잘 기억해둔 뒤팽은 작별 인사를 하면서 다음에 또 찾아올 구실을 위해 금으로 된 코담배갑을 슬며시 두고 나온다.

다음 날 아침, 뒤팽은 남뱃갑을 찾으러 왔다는 핑계로 다시 장관을 찾아간다. 두 사람이 이야기하고 있을 때, 창밖에서 총소리와 함께 째지는 듯한 비명 소리가 들려온다. 이는 장관의 주의를 분산시키기 위해 뒤팽이 미리 계획을 꾸며 연출한 것이다. 장관이 경계심을 품고 창가로 간 사이에 뒤팽은 미리 준비한 비슷한 편지를 대신 꽂아놓고 도둑맞은 편지를 가지고 유유히 장관 저택을 빠져나온다. 편지는 똑같은 방법으로 다시 한 번 도둑맞는다. 자신의 편지가 없어진 줄도 모르고 장관은 계속해서 왕비를 협박하다가 결국은 스스로의 함정에 빠져 파멸하게 될 것이다.

아몬틸라도의 술통

몬트레소는 라이벌이자 원수인 포츄나토에게 복수하기로 결심한다. 그로부터 무자비하게 모욕당했기 때문이다. 몬트레소는 독자에게 제대로 된 복수란 복수당하는 자가 복수하는 자의 정체를 알아야만 하는 동시에 그로부터 다시 재보복을 받지 않아야 한다고 말함으로써 그의 복수가 철저하고 완벽하게 이루어지리라는 것을 암시한다.

사람들이 두려워하는 강력한 존재인 포츄나토에게도 한 가지 약점이 있는데 바로 자신의 포도주 감정 능력을 자만하는 것이다. 포츄나토는 영국이나 호주의 백만장자들에게 이탈리아 그림이나 보석류를 엉터리 감정으로 팔아먹는 사기꾼이지만, 포도주 감정에 있어서만큼은 상당한 식견을 갖추고 있었다. 몬트레소는 바로 그 점을 이용해 적을 파멸시킨다.

카니발이 최고조에 달한 어느 날 저녁, 몬트레소는 포츄나토를 만난다. 포츄나토는 바보처럼 광대 옷과 방울이 짤랑거리는 모자를 쓰고 있는데, 벌써 잔뜩 취해 기분이 좋은 상태이다. 몬트레소는 포츄나토에게 아몬틸라도 포도주를 한 통구했다면서 진짜인지 감정을 해달라고 부탁한다. 물론 이때몬트레소는 포츄나토가 거절할 수 없도록 두 가지 올가미를 놓는다. 그 하나는 다른 데 팔릴까봐 전문가인 포츄나토와 미처 상의할 새도 없이 구입해 불안하다며 그의 자만심을 부추기는 것이고, 다른 하나는 포츄나토가 바쁠까봐 지금 루크레시에게 감정을 부탁하러 가는 길이라며 그의 자존심을 자극하는 것이다.

포츄나토는 즉시 거기에 말려들어 당장 몬트레소의 지하실로 가자고 자청한다. 이때 몬트레소는 바쁜 사람을 가자고할 수도 없을뿐더러 지하실이 추워 건강에도 좋지 않을 거라며 짐짓 만류하는 척한다. 이에 포츄나토는 괜찮다며 스스로앞장서 몬트레소의 집으로 향한다. 하인들을 미리 돌려보낸몬트레소는 아무도 없는 집으로 포츄나토를 데려와 횃불을들고 지하실로 내려간다. 지하실은 포도주 저장고도 있고 몬트레소 조상들의 묘지도 있어서 '술 취함'과 '죽음'의 모티프가 뒤섞이는 곳이다. 바보처럼 죽음의 길로 따라나선 포츄나토의 모자에서는 계속해서 짤랑거리는 소리가 난다.

지하실은 어둡고 질산이 많아 포튜나토가 기침을 한다. 그러자 몬트레소는 또 한 번 포튜나토에게 건강을 위해 돌아갈 것을 권한다. 그럴수록 자존심이 강한 포튜나토는 계속 갈 것을 주장한다. 몬트레소가 메독 포도주를 건네주자 포튜나토는 지하에 묻혀 있는 몬트레소의 죽은 조상들을 위해 건배하고, 몬트레소는 아이러니컬하게도 포튜나토의 장수를 위해 건배한다. 포튜나토가 몬트레소 가문의 가훈을 묻자, 몬트레소는 "나를 해치는 자는 보복당한다."라고 대답하는데 이 역시 대단히 상징적이다. 계속해서 포튜나토의 임박한 죽음이 암시되지만, 포튜나토는 자신에게 다가오는 위험을 전혀 깨닫지 못한다. 잠시 후, 몬트레소는 포튜나토에게 다시 한 번 돌아갈 것을 권하고, 포튜나토 역시 또다시 거절한다. 몬트레소는 교묘한 방법을 이용하여 포튜나토가 죽음을 자초한 것으로 상황을 이끌어가고 있는 셈이다.

몬트레소가 다시 다른 포도주를 주자, 포튜나토는 프리메이슨 단원의 비밀 동작을 한다(프리메이슨은 가톨릭의 횡포에 대항해 결성된 지식인들의 모임으로서 뉴턴이나 데카르트, 모차르트 같은 유명한 학자들과 음악가들이 회원이었다. '메이슨'은 건축에 사용되는 '흙손'이라는 뜻인데, 이 모임 초기에 건축가들이 관여하면서 붙은 명칭이라고 알려져 있다). 몬트레소는 자신도 프리메이슨의 일원이라고 하면서, 증거를 대라는 포츄나토의 말에 외투 속에 감추어두었던 흙손을 내보인다. 이것은 물론 포가 만들어놓은 유쾌한 유머이자 패러디라고 할 수 있다.

이윽고 그들은 준비된 범행 현장에 도착한다. 몬트레소는 막다른 벽에 부딪쳐 어리둥절해 있는 포츄나토를 잽싸게 벽에 고정되어 있는 쇠사슬로 묶는다. 그러고는 그곳에 쌓여 있는 해골 더미를 헤쳐 건축용 석재와 모르타르를 찾아낸 후, 갖고 간 흙손을 사용해 포츄나토를 영원히 감금할 벽을 쌓은 다음, 그 앞에 뼈다귀들을 쌓아 올린다. 그제야 비로소 사태를 깨닫고 울부짖는 포츄나토를 몬트레소는 산 채로 생매장한다. 그리고 나서 반세기가 지났다. 포츄나토여, 편히 쉬기를!

검은 고양이

나는 내일이면 사형에 처해진다. 그래서 죽기 전에 나에게 일어난 이상한 사건들을 이야기하려고 한다. 그것은 나 자신도 믿을 수 없는 이야기이지만 모두가 사실이다. 나는 미치지도 않았고, 꿈을 꾸고 있는 것도 아니다. 하지만 결과적으로 그 사건은 나를 파멸시켰다.

어렸을 적에 나는 온순하고 정이 많은 아이였다. 또 동물을 좋아해서 대부분의 시간을 애완동물과 함께 지냈다. 나는 일찍 결혼했는데, 내 아내도 마침 동물을 좋아해서 집에는 수많은 애완용 동물이 있었다. 그중에서 검은 고양이가 아주 영리하고 예뻤다. 내가 고양이를 너무 예뻐하자, 아내는 옛사람들의 말을 들먹이며 고양이는 모두 마녀가 변한 거라고 내게 은

근히 겁을 주곤 했다. 하지만 나는 아랑곳 않고 그놈에게 플루토라는 이름을 붙여주고는 늘 귀여워했으며, 플루토 역시 나만 따라다녔다.

그러나 나는 점차 술에 빠져들었고 성실도 나빠져 애완동물들을 학대하고 아내도 때리기 시작했다. 그러자 그렇게도 나를 따르던 고양이 플루토마저 슬슬 나를 피하는 눈치였다. 나는 차츰 배신감을 느끼기 시작했다. 슬이 거나하게 취해 돌아온 어느 날 플루토가 의도적으로 나를 피하는 듯하자, 순간 악마와 같은 분노에 휩싸인 나는 주머니칼을 꺼내 플루토의 한쪽 눈을 도려내 버렸다.

다음 날 아침, 술이 깨자 나는 내가 저지른 잔인한 행동에 대해 후회하고 두려워했다. 그 일이 있은 후 외눈박이가 된 고양이는 나만 보면 도망쳤다. 나는 반성도 했지만, 그러나 알코올 중독은 점점 더 심해지고 따라서 내 영혼도 점점 더 사악하게 변해갔다. 어느 날 나는 플루토의 목에 올가미를 걸어 나무에 매달아놓았다. 고양이를 교수형에 처한 것이다.

그날 밤, 우리 집에 원인 모를 불이 나 나는 전 재산을 잃어버렸다. 다음 날 나는 불이 난 곳에 가보았다. 벽 한쪽 면만 빼고는 모든 것이 불에 타 주저앉았는데, 그 벽에는 목을 매단 고양이의 모습이 희미하게 나타나 있었다. 그곳에 모인 사람들은 모두 비상한 관심을 가지고 벽에 나타난 고양이의 모습을 바라보고 있었다. 처음에 나는 이 불가사의한 광경에 전율했다. 그러나 곧 우리 집에 불이나자 누군가가 고양이를 나무에서 떼어내 집 안으로 던졌고 그래서 고양이가 벽에 붙은 채 불탔을 것으로 추측했다.

어느 날 밤, 술집에서 술을 마시던 중 나는 술통 위에서 가슴에 난 흰 털을 제외하면 모든 것이 플루토와 똑같이 생긴 검은 고양이 한 마리를 발견했다. 내가 쓰다듬어주자 그놈은 가르릉거리며 나를 따랐다. 내가 그놈을 사겠다고 하자 술집 주인은 자기 고양이가 아니라고 했고, 내가 일어서자 고양이는 나를 따라왔다. 처음에 나는 그놈을 좋아했고 아내도 죽은 플루토가 다시 살아온 것처럼 그 녀석을 귀여워했다.

그러나 그 녀석에 대한 내 애정은 곧 혐오감으로 바뀌었다. 그놈도 플루토처럼 외눈박이였기 때문이다. 나는 그놈도 죽이고 싶었지만 플루토가 생각나서 차마 그러지 못했고, 그러는 사이 점점 더 그놈이 두려워졌다. 그놈과 플루토가 다른 점은 가슴의 흰색이었는데, 그 흰색은 날이 갈수록 선명한 교수대의 형상을 띠었다. 나는 이제 그 검은 고양이를 볼 때마다 공포와 전율을 느끼게 되었다.

어느 날, 나는 아내와 함께 지하실로 내려가다가 그 검은 고양이 때문에 하마터면 굴러 떨어질 뻔했다. 나는 극도로 화가 나서 도끼로 고양이를 내리치려고 했다. 그 순간 아내의 손이 나를 막았고, 격분한 나는 그만 아내의 머리를 도끼로 내리치고 말았다. 아내는 그 자리에서 즉사했다.

　나는 즉시 아내의 시체를 감추는 작업을 시작했다. 시체를 밖으로 갖고 나갈 수는 없었다. 금방 이웃에게 빌각될 것이기 때문이었다. 나는 중세 승려들이 그랬던 것처럼 아내의 시체를 벽 뒤에 감추고 새로 벽을 만들기로 했다. 마침 지하실 벽은 엉성했고 회칠을 한 지도 얼마 되지 않아 아직 마르지 않은 상태였다. 나는 아내의 시체를 세워놓고 회반죽으로 벽을 바르기 시작했다. 잠시 후 새로운 벽이 감쪽같이 만들어졌고, 나는 모든 흔적을 없앨 수 있었다. 고양이도 찾아서 죽이려 했으나 이미 어디론가 도망치고 없었다.

　그 후 고양이는 다시는 나타나지 않았다. 고양이가 없어지자 내게도 평화가 찾아왔다. 나는 행복했다. 살인에 대한 죄책감도 사라졌다. 아내의 실종 문제로 몇 번 경찰 심문을 받았지만 대답을 잘해서 잘도 피해나갔다. 이제 나는 행복하게 살 수 있을 것처럼 보였다.

　그러던 어느 날, 경찰들이 내 집에 들이닥쳐 가택 수색을 시작했다. 경찰관들은 집 안 구석구석을 샅샅이 수색했으나 아무것도 찾아내지 못했다. 지하실에도 가보았지만 거기서도 역시 수상한 점을 발견하지 못했다. 드디어 조사를 끝낸 경찰관들은 허탕을 치고 지하실 계단을 올라가기 시작했다.

나는 너무나 의기양양해서 그만 하지 않았어야 할 행동을 하고 말았다. 나는 이 집이 잘 지어졌고 벽도 튼튼하다면서 들고 있던 지팡이로 벽을 두드렸다.

바로 그 순간, 아내가 묻혀 있는 벽 속에서 음산한 소리가 들려왔다. 그것은 지옥의 저주받은 시체가 흐느끼는 것 같은 불길한 소리였다. 경찰들이 즉시 벽을 허물자, 피가 엉겨 붙은 이미 부패한 아내의 끔찍한 시체가 반듯이 선 채로 우리를 노려보고 있었다. 그리고 시체의 머리 위에는 그 불길한 검은 고양이가 외눈을 뜬 채 빨간 입을 벌려 불길하고 음산한 소리를 내고 있었다. 나는 고양이까지 산 채로 매장한 것이다.

그 외눈박이 검은 고양이는 결국 나로 하여금 아내를 살해하게 하고, 또 나의 살인 행위를 폭로하게 하여 자기 동료의 원수를 갚은 것이다. 그리고 그놈 때문에 나는 내일이면 교수형에 처해진다.

어셔가의 몰락

구름이 무겁게 드리운 어느 쓸쓸한 가을날 황혼 무렵, 나는 황량한 시골에 있는 어셔가를 찾아갔다. 어셔가를 처음 마주했을 때 내 마음은 암울하고 침울하고 무겁게 내려앉는 것을 느낄 수 있었다. 늪에 비친 어셔가의 모습은 눈처럼 뻥 뚫린 창문과 황폐한 담, 잿빛 잡초와 죽은 나무들, 그리고 독기를 품은 대기와 불가사의한 수증기 등이 어우러져 기괴한 분위기를 연출하고 있었다. 저택은 온통 버섯과 거미줄로 뒤덮여 있었고, 고색창연했으며, 여기저기 금이 가 있었다. 어셔가를 바라보면서 나는 마치 아편 중독자가 몽환에서 깨어나 쓰라린 현실 속으로 무섭게 추락하는 느낌을 받았다. 도대체 무엇 때문에 어셔가를 바라보는 내 마음이 그렇게도 불안했었는지는 알 수 없었다.

　나는 어린 시절의 죽마고우 로더릭 어셔로부터 자신이 지금 이상한 병에 걸렸으며, 정신적인 혼란에 빠져 있어 친한 친구인 나를 만나서 이야기하고 싶다는 간곡한 편지를 받고 즉시 한걸음에 달려온 것이다. 로더릭 어셔는 어렸을 적에는 말이 별로 없는 조용한 아이였다. 그는 예민한 감수성으로 예술적 업적을 배출한 예술가 가문의 후예이다.

　불길한 명상과 과거의 추억에서 벗어나 나는 하인의 안내로 저택으로 들어가 로더릭 어셔를 만났다. 어셔는 몰라볼 만큼 무섭게 변해 있었다. 시체처럼 보이는 창백한 얼굴과 유령 같은 피부, 그리고 면사포처럼 늘어진 머리는 괴기스러운 느낌을 주었고, 그가 중병에 걸렸다는 사실을 여실히 보여주고 있었다. 그는 극도로 불안해했고, 쾌활하다가도 금방 우울증에 빠지곤 했으며, 지나친 신경과민과 습관적인 불안감에 시달리고 있었다. 그는 자신의 병은 유전이라며 내가 옆에 있으면 위로가 된다고 말했다. 그는 병적으로 감각이 예민해 촉감이 거친 옷은 입을 수 없었고, 큰 소리도 강렬한 빛도 견딜 수 없었으며, 맵고 짠 음식도 먹을 수 없었다. 그는 다만 부드러운 현악기 소리만 견딜 수 있었다. 그의 방에는 현악기들이 널려 있었다. 그는 극도의 불안에 시달리는 병든 영혼이었다. 그의 정신과 육체는 마치 낡고 붕괴되어가는 어셔가와 닮아 있었고, 실제로도 그는 자신이 어셔가 저택의 일부분이며, 그 기괴한 분위기로부터 영향을 받고 있다고 믿고 있었다.

로더릭 어셔는 오직 음악과 미술과 문학만을 가까이하며 살고 있었다. 그는 현악기를 연주하면서 「유령 궁전」이라는 시를 읊었고, 기괴한 그림을 그리거나 문학 서적을 읽었다. 그리고 그것들은 모두 로더릭 어셔의 정신 상태를 잘 드러내 주고 있었다. 그는 모든 식물에도 감각기관이 있으며, 심지어 는 무생물에도 감각이 있다고 생각했다. 그는 수세기에 걸친 자기 가문의 전통과 역사가 이끼나 곰팡이 또는 축축한 대기 처럼 자기 자신을 형성해왔다고 말하면서, 어셔가의 저택과 자신의 일체성을 강조하곤 했다.

로더릭 어셔는 자신의 유일한 혈육인 누이 매들린 역시 자 신과 비슷한 중병에 걸려 죽어가고 있다고 말했다. 그 순간 나는 얼핏 스쳐 지나가는 창백한 모습의 그녀를 보았다. 로더 릭은 자신과 일체감을 느끼는 사랑하는 누이의 죽음을 견딜 수 없어 했고, 자기마저 죽으면 어셔가는 영원히 몰락할 것이 라는 사실도 견디기 힘들어했다.

그러던 어느 날, 로더릭 어셔가 내게 찾아와 누이동생 매 들린이 죽었다며 당분간 그녀를 지하실에 가매장하려고 하 니 도와달라고 부탁했다. 그래서 나는 그와 함께 매들린의 시 체를 관에 넣은 다음 눅눅한 지하실로 옮겼다. 매들린의 시체를 놓아둔 지하실은 바로 내가 기거하는 방 아래에 있었다. 그곳은 빛과 신선한 공기가 너무나 오랫동안 들지 않아 어둡고 숨 막히는 곳이었다. 마지막으로 죽은 매들린의 얼굴을 바라본 나는 깜짝 놀랐다. 로더릭과 매들린은 쌍둥이었던 것이다. 우리는 관에 못을 박은 후 지하실에서 올라왔다.

매들린이 죽은 후, 로더릭 어서는 더욱더 정신이 이상해졌고 강박관념에 사로잡힌 사람처럼 보였다. 그는 몇 시간이고 아무 말 없이 허공을 응시하곤 했다. 매들린을 지하실에 매장한 지 일주일쯤 된 어느 날 밤, 나는 갑자기 형언할 수 없는 두려움에 사로잡히기 시작했다. 폭풍우가 치기 시작하더니 그 틈새로 무슨 소리가 들리는 듯했다. 나는 옷을 입고 방 안을 서성대기 시작했다. 그렇게라도 해야 공포에서 벗어날 수 있을 것만 같았다.

그때 갑자기 로더릭 어서가 들어와서 나를 창가로 데려가 밖의 광경을 보여주었다. 어서가의 저택은 이상한 수증기와 안개에 휩싸여 괴기스런 분위기를 연출하고 있었다. 로더릭은 그건 단지 전기현상이라고 변명한 후, 나를 자리에 앉히더니 같이 소설을 읽자고 권했다. 그런데 소설 속에 문이 깨지는 소리가 나오는 대목에서 실제로 지하실에서도 문이 깨지는 소리가 들렸다. 이어 소설에 용이 지르는 비명 소리가 나오는 장면에서 우리는 무언가를 질질 끄는 거친 소리와 비명 소리 같은 것을 들었다. 다시 소설에서 천둥 치는 듯한 소리가 나자, 실제로 지하실 쪽에서도 육중한 금속성의 소리가 들려왔다.

로더릭 어서는 새파랗게 질려 저긴 매들린이 살아 돌아오는 소리라고 말했다. 자기를 너무 일찍 산 채로 매장한 것을 원망하려고 매들린이 지하 묘지에서 되돌아오고 있다는 것이었다. 바로 그 순간, 나는 문간에 수의를 입은 매들린이 서 있는 것을 목격했다. 흰옷에는 피가 묻어 있었고, 관에서 빠져나오느라 힘이 들었던지 여기저기 심하게 몸부림친 흔적이 보였다. 비틀거리던 그녀는 이윽고 낮은 신음 소리와 함께 로더릭 어서 위로 쓰러졌고, 그 순간 나는 공포에 사로잡힌 로더릭이 죽는 것을 보았다.

나는 즉시 그 집에서 도망쳐 나왔다. 폭풍우가 치고 있었고 한 줄기 기괴한 빛이 비쳤다. 도망치면서 나는 도대체 그 빛이 어디에서 나오는지 보기 위해 뒤돌아보았다. 핏빛처럼 붉은 그 빛은 어서가 건물의 금이 간 곳에서 새어나왔다. 그 순간 그 금이 점점 더 벌어지더니 이윽고 어서가는 폭발하듯 박살이 나면서 무너졌다. 어두운 늪은 붕괴하는 어서가의 잔해를 말없이 물속으로 받아들이고 있었다.

윌리엄 윌슨

유명한 혈통의 후손으로 제멋대로 성장한 윌리엄 윌슨은 학교에서도 군주처럼 군림하면서 다른 학생들을 억압하고 타인에게 피해를 입힌다. 그런데 윌슨은 자기 학급에 자신과 입학한 날짜도 같고 생년월일이며 이름이며 외모도 똑같은 급우를 만난다. 그 친구는 암암리에 윌슨을 거역하고 윌슨의 라이벌이 된다. 윌슨 자신의 화신인 그 더블은 윌슨이 어디서 무얼 하든 계속 따라와 윌슨의 잘못을 폭로하고, 윌슨으로 하여금 양심의 가책을 느끼게 만든다. 그럼에도 불구하고 왠지 윌슨은 자신의 더블을 미워할 수 없어 둘은 친구가 된다.

그러던 어느 날, 윌슨은 자신의 양심을 괴롭히는 그 더블을 혼내주기 위해 손에 등불을 들고 그가 자고 있는 침실로

간다. 그러나 그의 얼굴을 한참 들여다보던 윌슨은 소스라치게 놀라 그 학교를 떠나게 된다. 그는 잠들어 있는 자신의 더블의 얼굴에서 다름 아닌 자기 자신의 모습을 본 것이다.

그 학교를 떠난 윌슨은 영국의 명문 이튼 스쿨에 들어가지만 술과 도박으로 세월을 보낸다. 술에 취해 있던 어느 날, 예전의 더블이 윌슨 앞에 나타난다. 그는 윌슨 앞으로 다가와 마치 꾸짖듯 "윌리엄 윌슨!" 하고 부른다. 놀란 윌슨이 정신을 차렸을 때 그 더블은 이미 자취를 감춘 뒤다.

이후 옥스퍼드 대학에 진학한 윌슨은 부모가 보내주는 돈으로 도박에 빠진다. 어느 날 윌슨이 글렌디닝이라는 젊은 귀족 청년과 도박을 하면서 속임수를 이용해 돈을 따고 있는데, 갑자기 문이 열리고 바람이 불더니 방 안의 촛불들이 모두 꺼진다. 그러고 나서 코트로 얼굴을 가린 윌슨의 더블이 나타나, 윌슨의 속임수를 폭로하고 사라진다. 윌슨은 몸을 수색당하고 속임수가 드러나자 수치를 느끼고 옥스퍼드를 떠난다.

윌슨은 그 후 외국을 방랑하지만, 어디를 가나 자신의 더블이 쫓아와 괴롭힌다. 어느 날 윌슨이 로마의 가면무도회에서 디 브로글리오 공작부인을 유혹하고 있을 때, 그 더블이 나타나 다시금 자신을 방해한다. 이에 격분한 윌슨은 그만 칼로 더블을 죽이게 된다. 윌슨은 죽어가면서 "네가 이겼고 나는 졌다. 그러나 이제부터는 너도 죽은 것이나 다름없다는 사실을 명심해라. 너는 너 자신을 죽인 것이다."라고 말한다. 즉, 윌슨은 자신의 양심을 죽임으로써 사회가 요구하는 모든 도덕적 기준을 없앤 것이다. 윌슨이 거울 쪽으로 다가가자, 거울 속에 피를 흘리는 더블이 자기를 향해 다가오고 있었다. 자신의 좋은 면을 죽인 윌슨은 이제 세상에서 버림받고 고립된 추방자가 된다.

애너벨 리

머나먼 옛날, 아주 오래전
어느 바닷가 왕국에
애너벨 리라는 소녀가 살았지.
그녀는 나를 사랑하고 내게 사랑받는 것밖에는
아무런 관심도 없었지.

나도 어렸고 그녀도 어렸지만
그 바닷가 왕국에서
우리는 사랑을 초월하는 사랑을 했지
나와 애너벨 리는.
하늘의 날개 달린 천사들조차도

우리를 질투할 만큼.

그래 바로 그것이 이유였지
이 바닷가 왕국에
어느 날 구름 속에서 바람이 일더니
내 애너벨 리를 싸늘하게 만든 것은.
그래서 그녀의 고귀한 친척들이 내려와
그녀를 빼앗아 무덤에 가두어 버렸지
이 바닷가 왕국에서.

우리 반만큼도 행복하지 못했던 하늘의 천사들은
그녀와 나를 질투했던 거야
그래! 바로 그게 이유였어
이 바닷가 왕국에서는 모두가 알고 있듯이.
그래서 구름 속에서 밤바람이 일더니
내 애너벨 리를 싸늘하게 죽였던 거야.

하지만 우리 사랑은 그 사랑보다 더 강했지
우리보다 더 나이 많은 사람들의 사랑보다
우리보다 더 현명한 사람들의 사랑보다.
하늘의 천사들도

바다 밑 악마들도
내 영혼을 아름다운 애너벨 리의 영혼으로부터
떼놓을 수는 없었지.

그래서 달빛이 찾아들 때마다 나는
아름다운 애너벨 리의 꿈을 꾸고
별이 뜰 때마다 나는
아름다운 애너벨 리의 빛나는 눈동자를 느낀다
밤바다에서 나는 내 사랑 곁에 눕는다
내 사랑, 내 인생, 내 신부 곁에
바닷가 그녀의 무덤에서
파도치는 그녀의 무덤에서.

아서 고든 핌의 모험

서문

나는 최근 남극 여행에서 돌아왔다. 내가 남극해에서 겪었던 놀라운 이야기를 들려주자, 『서던 리터러리 메신저』지의 편집인 포가 그 첫 부분을 자기가 대신 써서 발표하면 어떻겠냐고 제안해왔다. 나는 주저 끝에 수락했는데 독자들의 반응은 대단했다. 그래서 나는 내 모험담을 계속 연재하기로 했다. 다음은 내가 겪었던 실제 사건들이다.

본문

내 이름은 아서 고든 핌이다. 나는 학교에서 바나드 선장의 아들 어거스터스를 만나 친해졌다. 만날 때마다 그는 늘 내게 남태평양에서의 모험에 대해 이야기해주었으며, 나는 자주 그의 집에 가서 종일 같이 지내곤 했다. 우리는 같은 침대에서 자면서 밤새 항해나 원주민들 이야기를 했다.

그의 영향으로 나도 점점 바다로 나가고 싶어졌다. 나는 75달러쯤 되는 에어리얼이라는 조그만 배를 갖고 있었다. 선실 하나에 돛대가 하나 달린 작은 범선이었는데, 그 배를 타고 우리는 여러 가지 위험한 모험을 했다. 어느 날 밤 바나드 선장 집에서 파티가 열렸다. 파티가 끝날 무렵에 어거스터스와 나는 꽤 취해 있었다. 그날 나는 집에 돌아가지 않고 어거스터스와 한 침대에서 잤다. 잠자리에 든 지 30분쯤 지나 내가 막 잠이 들려던 참이었다. 어거스터스가 갑자기 벌떡 일어나더니 "이렇게 멋진 남서풍이 불고 있는데 아무리 아서 핌이 와 있다 한들 잠을 잘 수는 없다."고 선언하는 것이었다.

나 역시 그의 말이 끝나기가 무섭게 흥분과 기쁨에 전율을 느꼈다. 그의 제안은 세상에서 가장 즐겁고 이성적인 것처럼 들렸다. 밖에는 싸늘한 10월 말의 바람이 세차게 불고 있었다. 우리는 삼각돛과 주 돛을 올려서 편 후 겁도 없이 바다로 나갔다.

나는 달빛 아래 드러난 어거스터스의 모습을 분명히 볼 수 있었다. 그의 얼굴은 창백했고 손은 너무나 떨려서 키의 손잡이조차 제대로 잡지 못하고 있었다. 나는 뭔가 크게 잘못되고 있다는 것을 깨닫자 정신이 번쩍 들었다. 그때만 해도 나는 배를 조종하는 법을 전혀 몰랐으며, 따라서 내 친구의 항해술에 전적으로 의존할 수밖에 없었다. 바람도 갑자기 세져 우리는 삼시간에 육지로부터 멀어지고 있었다. 어거스터스의 입술은 하얘졌고 서 있을 수도 없을 정도로 무릎을 심하게 떨고 있었다.

게다가 어거스터스는 몹시 술에 취해 있었으며 눈은 이미 초점이 없었다. 그날 저녁, 그는 내가 생각했던 것보다 훨씬 더 많은 술을 마셨고 침대에서의 그의 행동 역시 광기와도 같은 취기의 극치에서 비롯된 것들이었다. 대체로 사람들은 술이 취할 대로 취하면 대개는 온전히 제정신인 것처럼 보이게 마련인데, 그는 완전히 의식을 잃었고, 앞으로 몇 시간 안에 깨어날 가능성은 도무지 없어 보였다. 나는 상상할 수도 없을 만큼 겁이 났다. 차갑고 사나운 바람과 거센 파도는 우리를 시시각각 파멸로 몰아가고 있었다. 야간 폭풍이 시작되고 있었다.

그때 갑자기 천의 악마가 지르는 듯한 벼락 소리 같은 것이 들려왔다. 그 순간에 경험했던 강렬한 공포는 아마도 내가 죽을 때까지 잊지 못할 것이다. 바닥에 쓰러져 있는 내 친구 위로 나도 의식을 잃고 쓰러졌다. 의식을 회복해보니 나는 낸터켓으로 가는 대형 포경선 펭귄호의 선실에 누워 있었다. 우리가 그곳에 있게 된 수수께끼는 곧 풀렸다. 우리가 탄 배가 돛이란 돛은 다 세우고 낸터켓을 향해 전속력으로 지나가던 포경선과 충돌했던 것이다. 에어리얼호는 약하게 만들어진 보트여서 침몰하면서 산산조각이 나고 말았다. 폭풍우를 겪은 뒤 펭귄호는 아침 9시경 낸터켓 항구에 도착했다. 어거스터스와 나는 간신히 바나드 씨의 아침 식사 시간에 맞춰 돌아올 수 있었다. 어른들은 우리의 지친 모습을 전혀 눈치 채지 못했다. 아이들은 어른들의 눈을 속이는 데는 뛰어난 솜씨를 갖고 있는 법이다.

에어리얼호의 재난이 있은 지 일 년 반이 경과되었을 무렵, 어거스터스의 아버지 바나드 선장이 포경선 그램퍼스호를 타고 바다로 나가게 되었고, 어거스터스도 따라갈 계획이었다. 배가 준비되는 동안, 어거스터스는 내게 이번이야말로 바다로 나가고자 하는 내 욕망을 실현시킬 수 있는 절호의 기회라고 말했다. 그러나 그것은 쉽사리 이루어질 수 있는 일이 아니었다. 어머니는 바다라는 말만 꺼내도 히스테리 증세를 보였고, 할아버지조차도 만일 내가 항해를 떠난다면 유산은 한 푼도 없을 거라고 으름장을 놓았다. 그럼에도 불구하고 나는 금지된 이번 항해를 비밀리에 실행하기로 마음을 굳혔다.
　드디어 그램퍼스호가 출항하던 날, 어거스터스는 나를 배의 지하로 데려가 관처럼 생긴 상자 속에 숨겨주었다. 선실의 침대에서 가져온 매트리스가 상자 하단을 꽉 채우고 있었고, 각종 생필품들이 나머지 공간에 들어 있었다. 책과 펜, 잉크, 종이가 있었고, 또 모포와 물통, 선원용 비스킷 한 통, 볼로냐 소시지, 햄, 구운 양다리, 그 밖에도 술병이 여섯 개 정도 들어 있었다. 나는 몸을 펴기 위해 두 번 밖으로 나온 것을 제외하고는 은신처에서 사흘을 지냈다.

나는 배가 움직이는 것을 느꼈다. 드디어 항해가 시작된 것이다. 나는 곧 졸음이 쏟아져 불을 끄고 깊은 잠에 빠져들었다. 잠에서 깨어났을 때는 이상하게도 정신이 혼란스러웠다. 나는 불을 켜고 시계를 보았으나 시곗바늘은 멎어 있었고 그래서 내가 얼마나 잠을 잤는지 알 수 없었다. 나는 차가운 양고기가 완전히 썩어 있어서 크게 놀랐다. 아마도 내가 굉장히 오랫동안 잠을 잤거나, 아니면 밀폐된 공기 때문인 것 같았다.

지루한 24시간이 지나는 동안 아무도 이곳에 오지 않았다. 나는 어거스터스의 무관심을 원망했다. 물통의 물도 이제 반으로 줄어들었다. 상한 양고기 대신 볼로냐 소시지를 먹은 것 때문에 몹시 목이 말랐다. 그래서 아무도 오지 않으면 상자 뚜껑 쪽으로 올라가 어거스터스와 얘기를 해보든지, 아니면 적어도 뚜껑을 통해 신선한 바람이라도 쐬고 물이라도 얻어

와야겠다고 생각했다.

그런 생각을 하고 있는 동안 나는 어느덧 다시 깊은 잠에 빠져들었다. 그리고 온갖 재난과 공포가 엄습하는 아주 무서운 꿈을 꾸었다. 꿈속에서 나는 벌거벗은 채 불타는 사하라 사막 한가운데 홀로 서 있었다. 갑자기 사막에서 사는 사자가 포효하며 나를 덮쳐왔다. 나는 그 자리에서 바닥으로 쓰러졌다. 공포에 숨이 막혀 나는 반쯤 잠이 깼다. 그런데 내 꿈은 꿈이 아니었다. 어떤 거대한 괴물이 실제로 내 가슴을 무겁게 짓누르고 있었다. 그것의 뜨거운 숨결은 내 귓전에 들려왔고, 희고 무시무시한 이빨이 희미한 빛 사이로 내 위에서 빛나고 있었다.

그 짐승은 온몸으로 나를 덮쳐왔다. 그런데, 그 짐승은 길고 낮은 신음 소리를 내면서 열심히 애정과 기쁨으로 내 얼굴과 손을 핥기 시작하는 것이 아닌가! 나는 놀라 정신을 차릴 수 없었다. 그것은 나의 뉴펀들랜드종 개 타이거였다. 이제 구조되고 살아났다는 느낌이 내 온몸을 감쌌다. 나는 누워 있던 매트리스에서 황급히 일어나 내 충직한 친구이자 추종자의 목을 끌어안고 감격했다.

매트리스에서 일어난 후, 내 의식은 아주 혼란스럽고 불분명했다. 한참 동안 나는 생각들을 정리할 수가 없었다. 차츰 사고력이 되돌아오면서 내 현재 상황에 대한 몇 가지 사건들을 떠올릴 수 있었다. 그러나 타이거가 어떻게 해서 여기까지 오게 되었는지는 전혀 짐작이 가지 않았다. 수천 가지 추측 끝에 나는 그냥 타이거가 내 끔찍한 고독을 나누고 나를 위로하기 위해 온 것이라는 생각에 만족할 수밖에 없었다.

시계를 찾아 귀에 갖다 대보니 고장이 나 아무 소리도 들리지 않았다. 내 이상한 느낌으로 미루어보아 아마도 나는 또 꽤 오랫동안 자고 있었던 것이 분명했다. 물론 얼마나 오래 잤는지는 알 수 없었다. 나는 열이 펄펄 끓었고 견딜 수 없을 정도로 갈증이 났다. 초가 없어서 나는 더듬거리며 물통을 찾아보았지만 물은 한 방울도 남아 있지 않았다. 타이거가 남은 양고기와 함께 물까지 다 마셔버린 것이다. 타이거를 만져보니 줄이 전신을 감고 있었고, 왼쪽 어깨에 무슨 편지 같은 것이 그 줄에 매달려 있었다.

그 편지에는 붉은 잉크로 씌어진 몇 줄의 메시지가 나타났다. 겨우 마지막 일곱 단어만 읽을 수 있었는데, 거기에는 "…… '피'. 넌 거기 가만히 있어야 목숨을 건질 수 있어."라고 쓰여 있었다. 내 친구가 나에게 보내려고 한 그 메모의 전문을 다 읽을 수만 있었어도, 또 그 경고의 의미를 다 파악할 수만 있었어도, 내가 그렇게까지 알 수 없는 공포에 시달리지는 않았을 것이다. 그 막연한 암시는 이 암울한 감옥에 갇힌 내 영혼의 깊은 곳을 공포로 휩싸이게 했다.

나는 곧 매트리스에 쓰러져 일종의 혼수상태에 빠져 들어갔다. 그때 내 귀 쪽에서 이상하게 으르렁거리는 소리가 들려왔다. 그건 사납게 눈을 빛내며 위협하는 타이거의 소리였다. 개의 행동은 내게 공포심을 일으키기에 충분했다. 개는 내가 있는 상자 입구 옆에 앉아서 나지막한 소리로 무섭게 으르렁거리며 이빨을 갈고 있었다. 나는 물도 부족한 데다 밀폐된 배 밑 화물칸의 공기가 그 개를 미치게 한 것이라고 짐작은 히면서도, 도대체 어떻게 해야 좋을지 몰랐다. 그 개를 죽인다는 생각은 견딜 수 없는 것이었지만 내 안전을 위해서는 그래야만 할 것 같았다. 격렬한 적개심으로 나를 바라보고 있는 개가 언제 공격을 해올지 모를 상황이었다.

그 순간 개가 내 목을 노리고 덤벼들었다. 나는 왼쪽으로 넘어졌고 성난 개는 내 위에 올라탔다. 개의 날카로운 이빨이 내 목을 둘러싸고 있는 모포를 뚫고 들어왔지만, 다행히도 내 목에까지 미치지는 못했다. 개 밑에 깔려 있는 나는 그 상태로 몇 분만 지나면 꼼짝 못하고 짐승에게 죽게 될 위기에 놓여 있었다. 나는 벌떡 일어나 그놈을 흔들어 떼어놓은 다음, 모포를 그놈에게 던진 후 상자 밖으로 나와서 개가 쫓아오지 못하도록 입구를 잠가버렸다.

그때 나는 조타실 쪽에서 누군가 나를 부르는 나지막한 소리를 들었다. 어거스터스였다. 그는 물과 음식을 내게 주면서 내가 이곳에 갇혀 있는 동안 선상에서 일어난 이야기를 들려주었다.

그간 어거스터스가 내게 올 수 없었던 이유는, 배가 출항한 지 얼마 안 되어 항해사와 흑인 요리사가 주도하는 선상 반란이 일어났기 때문이었다. 반란자들은 가담하지 않은 선원들을 모두 무참히 학살하고 바나드 선장 역시 조그만 보트에 태워 망망대해로 쫓아버렸다. 반란자들 중에는 덜 잔인한 자들도 있었는데, 그들 중 하나가 운송 담당관인 더크 피터스였다. 피터스의 어머니는 업사로카 족 인디언 여자이고, 아버지는 변경의 모피상인이었다. 피터스는 내가 본 사람 중에서 가장 무섭게 생긴 사람이었다. 1미터 40센티미터 정도의 작은 키에 헤라클레스 같이 굵은 팔다리를 갖고 있었고 대머리인 거대한 머리통에는 그 결점을 감추기 위해 늘 털모자를 쓰고 있었다. 그의 입은 양쪽 귀까지 찢어져 있었고, 얼굴은 자신의 감정 상태와는 상관없이 언제나 무서운 표정을 짓고 있었다. 그런데 그 표정은 지나치게 긴 이가 밖으로 돌출되어 입술을 다물지 못해서 생기는 결과였다. 그의 옆을 지나치면서 힐끗 보면 마치 웃고 있는 것처럼 보이지만, 그건 악마의 즐거움이라고밖에 생각할 수 없는, 전율을 느끼게 하는 표정이었다.

더크 피터스에 대해 이렇게 자세히 이야기하는 것은 비록 사납게 생기기는 했어도 그가 어거스터스를 조수로 쓰겠다고 고집을 피워 그의 목숨을 살리는 데 결정적인 역할을 했기 때문이다. 배는 이제 돛을 모조리 다 올리고 남서쪽으로 원래의 항해를 계속하기 시작했다. 반란자들은 해적질, 다시 말해서 마주치는 배를 약탈하기로 합의를 봤다. 그들은 어거스터스에게는 관심도 없었다. 그래서 그는 결박을 풀고 어디든지 돌아다닐 수 있었다. 피터스는 그에게 친절했으며, 한 번은 흑인 요리사의 폭력으로부터 그를 구해주기도 했다. 선원들은 끊임없이 술에 취해 있는 데다 언제나 그에게 무관심하거나 기분이 좋은 것만은 아니었기 때문에 그의 목숨은 아직도 위험한 형편이었다.

어거스터스의 가장 큰 걱정은 나와 연락을 취하는 일이었다. 어거스터스는 내가 심심할까봐 배에 태우고는 깜빡 잊고 내게 알리지 않았던 개 타이거를 내려 보내면 나한테 갈 수 있을 거라는 데 생각이 미쳤다. 어거스터스는 현재 상황으로는 내가 배 위로 올라오지 않는 편이 더 나을 것이므로 개를 이용해 나에게 쪽지를 보내야겠다고 생각한 것이다. 그가 그런 생각을 한 것이 얼마나 다행이었는지 모른다. 만일 그의 쪽지가 없었더라면 나는 틀림없이 선원들을 놀라게 할 어떤 일을 저질렀을 것이고, 그 결과 우리는 둘 다 살해당했을 테니 말이다.

배에 남은 선원은 모두 열세 명이었다. 이들은 다시 의견이 대립되어 두 파로 갈라졌고 서로를 해치려 했다. 이제는 더 지체할 시간이 없었다. 그래서 피터스는 어거스터스가 도와준다면 배를 장악하는 행동을 시도해보겠다고 말했다. 어거스터스도 그런 목적이라면 얼마든지 도와주겠다고 하면서, 마침 좋은 기회라는 생각이 들어 내가 배에 타고 있다는 사실을 피터스에게 털어놓았다. 그 말을 듣고 피터스도 대단히 기뻐했다.

나는 항해사의 미신적인 공포심과 죄의식을 이용해 배를 장악하는 아이디어를 생각해냈다. 즉, 나는 항해사가 독살한 로저스의 시체로 분장하기 시작했다. 시체에서 벗긴 옷이 큰 도움이 되었다. 그 옷을 이용해 끔찍하게 부풀어 오른 시체의 배를 흉내 내고, 누더기로 채운 하얀 모직 벙어리장갑으로 시체의 부풀어 오른 손도 위장할 수 있었다. 피터스는 내 얼굴에 하얀 분필 가루를 잘 문지른 다음 그 위에 피를 발랐다. 이윽고 나는 진짜 무시무시한 몰골로 변했다.

우리가 그들을 공격할 때 로저스의 유령으로 겁을 준다는 방법 외에는 확실하게 결정한 것은 아무것도 없었다. 그러나 그 방법은 대단한 효과를 보았다. 로저스의 유령으로 분장한 내가 나타나자 선원들은 모두 공포에 사로잡혀 그 자리에서 얼어붙어 버렸다. 항해사는 누워 있던 매트리스에서 벌떡 일어나더니 한마디 말도 못한 채 죽은 듯 마룻바닥에 쓰러졌다. 나머지 선원들 역시 못 박힌 듯 옴짝달싹 못한 채 극도의 공포와 절망에 찬 모습을 하고 있었다. 유일하게 저항한 사람은 요리사와 존 헌트 그리고 리처드 파커였는데, 그들마저도 곧 제압되고 말았다. 다만 싸우던 중에 유감스럽게도 어거스터스가 팔을 심하게 다쳤다.

악당들로부터 배는 다시 탈취했지만 문제가 또 발생했다. 폭풍우로 배가 기울고 배에 물이 들어오기 시작한 것이다. 선원들의 시체를 선실에 놓아둔 채 우리는 즉시 펌프를 작동시켰다. 어거스터스는 팔을 다쳐 많은 일을 할 수는 없었다. 우리는 펌프 하나를 계속 작동시켜야만 새어들어 오는 물을 겨우 막을 수 있다는 사실을 깨달았다. 그런데 네 사람뿐인 우리에게 그 일은 대단한 중노동이었다. 그래도 우리는 남아 있는 기운을 다 내어 움직이면서 새벽이 오기를 간절히 기다렸다. 우리는 배를 가볍게 하려고 주 돛대를 잘라냈다. 그래도 배는 계속 기울면서 가라앉고 있었다. 갈증과 배고픔이 우리를 더욱 힘들게 했다. 먹을 것이 들어 있는 선실이 물속에 잠기는 바람에 우리는 사흘 동안 먹지도 마시지도 못한 채 기진맥진해 있었다.

그로부터 얼마 후 한 사건이 일어났다. 그것은 그 후 9년 동안 내게 일어난 놀랍고도 상상할 수 없는 그 어떤 일보다도 더 감정을 자극했고, 더 극단적인 기쁨과 공포로 가득 찬 사건이었다. 우리가 승강 계단 근처의 갑판에 누워 어떻게 하면 저장실로 내려갈 수 있을까를 이야기하고 있는데, 우리를 정면으로 마주 보고 누워 있던 어거스터스의 표정이 갑자기 죽은 사람처럼 창백해지더니 이상하게 입술을 떠는 것이었다. 내가 놀라서 말을 걸었지만 대답이 없어 그가 다시 아프기 시작한 것으로 생각되었다. 그의 번쩍이는 눈길에서 나는 분명 내 뒤에 있는 어떤 물체를 바라보는 것 같은 느낌을 받았다. 나는 뒤돌아보았다. 그때의 내 전신을 휩쌌던 황홀한 기쁨을 나는 지금도 결코 잊지 못할 것이다.

나는 불과 3킬로미터도 채 안 되는 곳에서 우리 쪽으로 다가오고 있는 커다란 범선을 보았던 것이다. 우리 시야에 들어온 배는 네덜란드에서 만든 검은색 쌍돛배로, 이물 장식이 값싸게 도금되어 있었다. 그 배가 400미터 정도까지 가까이 오자 갑판에 있는 사람의 모습이 보였다. 복장으로 보아 네덜란드인으로 여겨지는 선원 세 명이었다. 두 사람은 선원실 근처 낡은 돛 위에 누워 있었고, 나머지 한 사람은 뱃머리 근처 우현에 기대어 무척 호기심에 가득한 표정으로 우리를 바라보는 것 같았다. 그는 새까만 피부에 건장하고 키가 컸다. 그는 마치 우리더러 참고 기다리라는 듯 유난히도 하얗게 빛나는 이를 드러낸 채 끊임없이 미소를 지으며 이상한 방식으로 유쾌하게 고개를 끄덕이고 있었다.

배는 천천히 다가왔으며 지금까지보다 더 안정되어 보였다. 나는 이 사건에 대해서라면 지금도 침착하게 말할 수가 없다. 우리의 심장은 마구 뛰었고, 이제 목전에 당도한 구원에 대해 신께 감사하며 환호했다. 그런데 그 순간 가까이 다가온 그 이상한 배에서 갑자기 이 세상 누구도 상상하지 못할, 감히 이름을 붙일 수 없을 정도로 역한 썩는 냄새가 풍겨왔다. 그건 지독했고 극도로 숨 막히게 했으며 견딜 수 없고 생각할 수도 없는 그런 악취였다. 나는 숨이 콱 막혀 고개를 돌려 내 동료를 바라보았다. 그들 역시 대리석보다 더 창백했다.

하지만 이제 우리는 추측하거나 의문을 가질 시간도 여유도 없었다. 그 배는 15미터까지 가까이 와 있었고, 우리의 카운터 밑으로 밀고 들어오려는 것 같았다. 그 배에서 보트를 내릴 필요도 없이 그 배에 승선할 수 있는 거리였다. 우리는 앞쪽으로 달려갔다. 바로 그 순간 그 배는 크게 항로에서 벗어나더니 원래 방향에서 55도에서 65도가량 멀어졌다. 그 배가 약 6미터 거리를 두고 우리 배의 뒷전 아래로 지나갈 때 우리는 비로소 그 배의 갑판을 모두 볼 수 있었다. 그때 내가 목격했던 엄청난 공포를 어떻게 잊을 수 있단 말인가? 여자를 포함한 열다섯에서 서른 명쯤 되어 보이는 시체가 마지막 부패 단계의 상태로 카운터와 조리실 사이에 널려 있었다. 그

저주받은 배에 단 한 사람의 생존자도 없다는 것을 우리는 두 눈으로 똑똑히 볼 수 있었다!

그러자 그 낯선 배의 앞쪽에서 속아 넘어가리만치 인간의 목소리와 닮은 소리가 응답을 해오는 것이 아닌가. 바로 그 순간 배는 또다시 항로를 벗어나면서 움직였다. 우리는 잠시 동안 선원실을 볼 수 있었고, 그 소리의 정체도 알 수 있었다. 키가 크고 건장한 모습의 사람이 아직도 난간에 기대어 머리를 끄덕이고 있었는데, 몸을 돌리고 있어서 그의 얼굴은 볼 수 없었다. 그의 팔은 난간에 걸치고 손바닥은 펼쳐져 있었으며 무릎은 쫙 벌려진 채로 튼튼한 밧줄에 매여 있었고, 그 밧줄은 뱃머리에서 닻걸이까지 연결되어 있었다.

셔츠의 일부가 찢겨나가 맨살이 드러난 그의 등을 거대한 갈매기가 게걸스럽게 파먹고 있었다. 그것의 부리와 발톱은 시체 깊숙이 박혀 있었고 깃털은 온통 피범벅이었다. 배가 움직이자 우리는 더 잘 볼 수 있었다. 그 새는 어렵사리 살 속에서 빨간 부리를 빼내고는 마치 마비된 듯이 우리를 한참 바라보더니, 이윽고 자기가 포식하던 시체 위로 유유히 날아올랐다. 그러고 나서 입에 간으로 보이는 살덩어리를 문 채 우리 갑판 위를 잠시 날아다니다가 파커 바로 옆에 그것을 철썩 떨어뜨렸다. 신이여 용서하소서! 하지만 바로 그 순간 내 머릿속에는 감히 말할 수 없는 끔찍한 어떤 생각이 떠올랐고, 나는 그 피투성이가 된 장소로 한 발짝 다가갔다. 내가 올려다 보자 의미심장하게 나를 바라보고 있던 어거스터스와 시선 이 마주쳤다. 그 즉시 나는 퍼뜩 정신이 들었다. 나는 앞으로 뛰어가 몸을 떨면서 그 끔찍한 것을 바다에 던져버렸다.

내장이 떨어져 나간 그 시체는 밧줄에 묶인 채 육식새가 뜯어먹을 때마다 앞뒤로 흔들렸으며, 그래서 우리는 그가 살 아 있는 걸로 착각했던 것이다. 새의 무게가 없어지자 가벼워 진 그 시체는 한 바퀴 돌더니 조금 아래로 쓰러져 우리는 그 얼굴을 볼 수 있었다. 그렇게 끔찍한 몰골은 난생 처음이었 다. 눈알은 빠지고 없었으며 입 근처의 근육도 없어져 이빨이 완전히 다 드러나 있었다. 바로 그것이 우리를 격려한 미소였 던 것이다. 그것이 바로! 나는 아무 말도 할 수 없었다.

그 배는 내가 말한 대로 우리 배의 선미를 지나 천천히 그 러나 안정감 있게 바람 부는 대로 움직이고 있었다. 그 배와 끔찍한 선원들의 시체를 보는 순간, 구원과 즐거움에 대한 우 리의 소망도 모두 사라져 버렸다. 그 배는 아주 천천히 지나 갔으므로 우리는 그 배에 올라갈 방법을 찾아볼 수도 있었을 것이다. 그러나 우리의 갑작스런 실망과 그 끔찍한 장면은 우 리 마음과 육체의 활동 능력을 완전히 지연시키고 있었다. 우 리는 보고 느끼기는 했지만, 생각하거나 행동할 수는 없었다. 그러는 사이에 슬프게도 모든 것은 이미 너무 늦어버렸다. 그

때 우리의 정신은 얼마나 약해졌던지 배가 우리 시야에서 멀어져 절반밖에 보이지 않을 무렵에야 비로소 헤엄쳐서 그 배를 붙잡을 생각을 했던 것이다!

나는 지금까지도 그때 그 낯선 배의 운명을 감싸고 있던 무섭도록 불확실한 상황에 대해 알아보려고 했지만 허사였다. 내가 전에 말한 대로 겉으로 보기에 그 배는 네덜란드 배 같았고, 선원들 복장도 그러했다. 우리는 어렵지 않게 그 배의 선미 쪽에 있는 배 이름이나 다른 특징들로부터 배의 특성을 살펴볼 수도 있었을 텐데, 당시의 강렬한 흥분으로 우리는 도무지 그럴 겨를이 없었다. 아직 완전히 부패하지 않은 누런 시체들로 미루어보아, 그들은 황열병이나 다른 무서운 질병에 걸린 듯했다. 다른 이유는 생각할 수도 없었다. 만일 그렇다면 시체들의 위치로 미루어보건대, 이들은 인류에게 알려진 그 어떤 치명적인 질병보다도 더 빨리 그리고 더 무섭게 죽어갔을 것이다. 그것은 음식 저장소에서 우연히 생긴 독 때문일 수도 있고, 어떤 독을 지닌 물고기나 해산물 또는 바닷새를 먹었기 때문일 수도 있었다. 그러나 그런 추측이 무슨 소용이 있단 말인가. 그것은 오직 소름 끼치고 무시무시한 수수께끼로 영원히 남아 있을 뿐이다.

드디어 어둠이 그 배의 모습을 감추어버렸다. 얼마간 정신을 차릴 때까지 우리는 망연자실 사라져 가는 그 배를 바라보고 있었다. 배고픔과 갈증의 고통이 다시 우리를 엄습하여 다른 모든 것을 잊게 했다. 하지만 아침까지는 아무것도 할 수 없었다. 우리는 겨우 몸을 추스른 뒤 조금이라도 휴식을 취해보려고 노력했다. 뜻밖에도 그런 식으로 나는 잠을 잘 수가 있었고, 나보다 운이 없어 잠을 못 잔 동료가 새벽녘에 다시 식량을 구하기 위해 나를 깨울 때까지 내처 잠을 잤다.

나는 이제 두려움과 암울함에 몸서리쳤다. 머지않아 굶어죽는 것 외에는 아무런 희망도 없어 보였고, 그러지 않는다고 해도 지금처럼 지쳐 있는 상태에서는 곧 불어올 강풍에 휩쓸려 죽을 것임이 분명했다. 시시각각 엄습해오는 배고픔은 이제 거의 견딜 수 없는 지경에 이르러 그것을 달래기 위해서라면 무슨 짓이든 할 것만 같았다. 나는 칼로 가죽 가방을 잘라서 먹어보려고도 했으나 도저히 한 조각도 삼킬 수 없었다.

그러자 파커는 우리 중 하나가 나머지를 살리기 위해 죽어야만 한다고 말했다. 나는 이미 얼마 전에 우리가 결국은 그렇게 끔찍한 극한 상황까지 갈 것을 예견하고 있었다. 그리고 어떠한 상황하에서라도 그렇게 되느니 차라리 죽음을 택하겠노라고 나 혼자서 결심하고 있었고, 그 결정은 현재의 배고픔이 아무리 심하다고 해도 조금도 흔들리지 않았다.

그러나 파커의 제안은 내가 예상했던 것보다 훨씬 더 끔찍한 결과를 가져왔다. 피터스와 어거스터스는 둘 다 파커가 말하기 이미 오래전부터 은밀히 그런 생각을 해왔으며, 이제는 파커와 뜻을 합쳐 당장 그것을 실행하자고 주장했다. 그전까지만 해도 나는 적어도 그 두 사람 중 하나는 아직 제정신을 갖고 있어서 그런 끔찍한 계획에 반대할 것이고, 그리하여 그의 도움으로 별문제 없이 그 계획을 무산시키리라고 생각했었다. 그러나 이제 그것이 실망으로 돌아가자 나는 나 자신의 안전에 신경 써야 할 처지가 되었다. 그렇게 무시무시한 상황에 처해 있는 사람들에게 계속해서 저항했다가는 어차피 곧 실행될 그 비극에서 나부터 잡아먹힐 터였다.

나는 마지못해 그 섬뜩한 사건에 합류했다. 그때부터 일어난 일은 오늘날까지 내 기억에서 한순간도 사라지지 않았을 뿐만 아니라, 이후에도 내 존재의 매 순간마다 악몽으로 다가올 것이다. 나는 가능한 한 서둘러 그때의 이야기를 빨리 해치우려고 한다.

우리가 선택한 방법은 막대 뽑기였다. 그러기 위해서 갈라진 나뭇조각을 주워 온 다음 내가 그것을 들고 있기로 합의를 보았다. 내 가엾은 동료들이 반대쪽에서 내게 등을 돌리고 조용히 앉아 있는 동안 나는 배의 한구석으로 갔다. 막대를 뒤섞고 있는 동안 내 심정은 처참했다.

그래서 처음에 나는 잘게 쪼갠 막대들을 한데 모아 들고 있을 힘조차 없었다. 손가락은 말을 듣지 않았고 무릎은 심하게 떨려왔다. 나는 이 끔찍한 의식의 동참자가 되지 않고 빠져나갈 수 있는 수천 가지 방법을 머릿속에 그려보았다. 동료들 앞에 무릎을 꿇고 나를 빼달라고 사정도 하고 싶었고, 갑자기 그들 중 하나에게로 돌진해 죽이고도 싶었으며, 막대 뽑기의 결정을 무효화시키고도 싶었다. 눈앞에 닥친 이 일을 겪는 것만 빼고는 오만가지 별별 생각을 다 해보았다.

이런 어리석은 생각으로 오랜 시간을 허비하고 있던 나는, 지금 겪고 있는 끔찍한 걱정으로부터 어서 빨리 해방시켜달라는 파커의 목소리에 퍼뜩 정신이 들었다. 그럼에도 나는 막대를 제대로 들고 있을 수 없었고, 어떻게든 속임수를 써서라도 내가 아닌 동료 중 하나로 하여금 짧은 막대를 뽑게 할 수는 없을까 궁리를 했다. 가장 짧은 막대를 뽑는 사람이 나머지를 위해 죽어주기로 합의를 보았기 때문이다. 독자들은 내가 냉정한 생각을 하고 있다고 비난하기 전에 자신들이 당시의 내 입장이 되어보아야만 할 것이다.

드디어 더 이상 시간을 끄는 것이 불가능해졌다. 터질 것 같은 가슴을 부여안고 나는 동료들이 기다리는 뱃머리 쪽으로 다가갔다. 내가 막대를 내밀자 피터스가 맨 먼저 뽑았다. 그리고 그는 죽음에서 빠져나갔다. 그가 뽑은 것은 가장 짧은 것이 아니었다. 내가 살아날 길이 하나 줄어든 셈이었다. 나는 어거스터스에게 막대를 내밀었다. 그도 곧 뽑았는데 그도 아니었다. 이제 내가 살거나 죽는 확률은 꼭 반반이었다. 그 순간 나는 내 가엾은 동료 파커에게 아주 강렬하고 사악한 증오심을 느꼈다. 하지만 그런 감정은 오래 지속되지 않았다. 마침내 나는 눈을 감고 떨면서 남아 있는 막대 둘을 파커에게 내밀었다.

파커가 용기를 내어 하나를 뽑기까지는 5분이나 걸렸고, 그 심장의 피를 말리는 시간 내내 나는 한 번도 눈을 뜨지 못했다. 마침내 두 개의 막대 중 하나가 재빨리 내 손에서 빠져 나갔다. 이제 모든 것이 결정된 것이다. 하지만 난 아직 내 운명을 모르고 있었다. 우리 중 어느 누구도 말이 없었고, 나 또한 아직도 내가 들고 있는 마지막 막대를 감히 바라볼 엄두가 나지 않았다. 피터스가 내 손을 잡았고, 나는 눈을 떠 쳐다볼 수밖에 없었다. 파커의 표정을 보자마자 나는 내가 안전하다는 것을 깨달았다. 뽑힌 것은 파커였다. 그리고 그 순간 가쁜 숨을 몰아쉬며 나는 정신을 잃고 갑판 위에 쓰러졌다.

나는 혼미함에서 깨어나 이런 사태를 불러오게 한 장본인의 비극적 죽음을 목격했다. 파커는 아무런 저항도 하지 않았다. 피터스가 뒤에서 칼로 찌르자 그 자리에서 쓰러져 죽었다. 바로 다음에 일어난 끔찍한 식사에 대해서는 이야기하지 않는 편이 더 나을 것이다. 그러한 장면은 상상할 수는 있을지 몰라도 그 끔찍함을 입에 올릴 수는 없는 것이다. 다만 우리를 엄습했던 갈증은 희생자의 피로 어느 정도 달랠 수 있었고, 바다에 던져버린 손과 발, 머리만 빼고 나머지 부분은 17일부터 20일까지의 잊지 못할 나흘 동안 우리가 포식했던 식량이 되었다는 것으로 이야기를 마치기로 하자.

점차 어거스터스의 팔은 손목부터 어깨까지 완전히 새까맣게 되고 그의 발은 얼음장처럼 차가워졌다. 언제 죽을지 모를 상태였다. 그는 몇 시간 동안 말을 못하다가 2시경에 크게 경련을 일으키더니 더 이상 움직이지 않았다. 우리는 용기를 내어 그의 시체를 바다에 던졌다. 시체는 표현할 수 없을 만큼 혐오스러웠고 너무나 썩어서 피터스가 들어 올리자 다리 전체가 뚝 떨어져 나갔다. 부패한 고깃덩이를 바다에 던지자, 희미한 불빛에 상어 7~8마리가 달려들었다. 먹이를 조각내는 이빨 부딪는 소리가 1킬로미터도 더 떨어진 곳에까지 들릴 정도로 컸다. 우리는 그 소리에 극도의 공포를 느끼며 몸을 떨었다.

새벽녘에 동쪽으로 항해하면서 피터스와 나는 분명 우리를 향해 다가오는 배를 보았다. 우리는 그 영광스러운 광경을 찬양하며 미약하나마 오랫동안 소리를 질렀다. 비록 배가 25킬로미터나 떨어져 있었지만 우리는 즉시 셔츠를 허공에다 흔들었고, 허약해진 몸으로 뛸 수 있는 한 높이 뛰었으며,

허파의 모든 힘을 동원해 소리를 질렀다. 우리는 그 배가 우리를 향해 오고 있음을 느낄 수 있었다. 만일 저대로 항로를 계속하기만 한다면 우리를 발견할 것이 분명했다.

우리의 간절한 기대에 화답하듯 갑자기 그 배의 갑판에서 동요가 일어나더니 영국 국기가 올라갔고, 배는 항로를 돌려 우리를 향해 곧장 다가왔다. 30분 후 우리는 그 배의 선실에 있었다. 그 배는 가이 선장이 이끄는 리버풀의 '제인 가이' 호로, 물개 잡이와 무역을 하기 위해 남대양으로 항해하던 중이었다. 아, 마침내 우리는 아사 직전에 구조된 것이다!

제인 가이호에 구조되고 나서 우리는 친절한 대접을 받았다. 그 후 2주 동안 우리는 온화한 날씨와 미풍을 즐기며 남동쪽으로 항해를 계속했다. 피터스와 나는 궁핍과 고통으로부터 완전히 회복되었다. 지나간 일들은 현실이 아니라 끔찍한 악몽으로 생각되었다. 우리는 그러한 부분적인 망각이 기쁨에서 슬픔으로, 또는 슬픔에서 기쁨으로 갑자기 환경이 바뀔 때 일어나는 현상이며, 망각의 정도는 변화의 정도에 비례한다는 것을 알게 되었다. 나 또한 그 난파선에서 겪었던 그 불행한 일들을 다 기억한다는 것이 어느덧 불가능해졌다. 물론 일어난 사건들은 생각났지만, 그 사건들이 일으켰던 감정은 기억나지 않았다. 나는 단지 그런 사건들이 일어났을 때 인간이라면 더 이상의 고통은 견딜 수 없었을 것이라던 생각은 기억에 남아 있다.

오늘 우리는 돛대 감시탑에서 육지를 보았는데, 그건 커다란 군도의 일부로 드러났다. 해변은 가파른 편이었고, 숲이 빽빽한 것처럼 보여 우리를 즐겁게 했다. 처음 그 섬을 본 지 4시간 후 우리는 해안에서 4.8킬로미터쯤 떨어진 수심 18미터의 모랫바닥에 닻을 내렸다. 파도가 높고 여기저기 강한 물보라가 일고 있어서 더 이상 섬 가까이 접근하는 것이 어려웠기 때문이다. 두 대의 대형 보트가 내려졌고, 나와 피터스 그리고 잘 무장한 선원들은 그 섬을 둘러싸고 있는 암초 사이의 입구를 조사하기 위해 출발했다.

잠시 탐색한 후 우리는 입구를 발견하고 안으로 들어갔다. 거기에는 해안에서 파견된 것 같은 커다란 카누가 넷 있었으며, 그 안에는 완전 무장한 새까만 원주민 남자들이 가득 타고 있었다. 우리는 그들이 다가오기를 기다렸다. 그들은 고함 소리가 들릴 정도의 거리까지 아주 재빠르게 다가왔다. 가이 선장은 노 끝에 하얀 손수건을 매달아 들고 있었는데, 그 이상한 사람들은 모두 완전히 멈춰 서서 "아나무 무! 라마 라마!"('아나무 무'는 '빛나다'이고, '라마 라마'는 '빛이 강하다'라는 의미)라고 지껄였다. 그들이 30분간이나 그 말을 반복하는 동안 우리는 그들을 자세히 관찰할 기회를 가졌다.

그들이 시끄러운 토론―그들의 태도로 보아 그렇게 보였

다―을 마친 후 추장인 듯한 자가 일어나더니 카누 앞에 서서 우리에게 자기네 카누 옆으로 배를 저어 오라고 손짓했다. 그들의 수효가 우리보다 네 배나 많았으므로 될 수 있는 한 거리를 두려고 우리는 그 손짓을 못 알아듣는 척했다. 그러자 추장이 우리가 가까이 가는 동안 자기네 카누 중 세 척을 뒤로 물러나게 했다. 우리 보트가 다가가자마자 추장은 가장 큰 보트에 뛰어올라 가이 선장 옆에 앉아서 "아나무 무! 라마 라마!"라고 외쳤다. 우리는 모선을 향해 출발했고, 카누 네 척은 약간 거리를 두고 따라왔다.

추장은 아주 호의적이었으며 우리를 마을로 초대했다. 배에 남은 여섯 명을 제외하고 우리 일행은 모두 서른두 명이었다. 우리는 장총과 권총과 단검으로 완전 무장을 한 외에도 서부와 남부에서 잘 사용되는 짐 보위 칼과 비슷하게 생긴 긴 선원용 칼을 차고 있었다. 육지에서는 검은 피부의 전사 백 명이 우리와 함께 가기 위해 모여들었다. 그런데 놀랍게도 그들은 비무장이었다. 투윗에게 그 이유를 묻자, 그로부터 "우리는 모두 형제이기 때문에 무기가 필요 없다."라는 대답이 돌아왔다. 우리는 그것을 우의로 받아들였다.

우리는 마을로 들어가는 좁은 계곡으로 접어들었다. 그 골짜기는 울퉁불퉁한 바위투성이여서 천신만고 끝에 간신히 빠져나갈 수 있는 그런 곳이었다. 복병이 숨기에 이보다 더 완벽한 곳은 없어 보였다. 그래서 거기로 들어갈 때 우리가 조심스레 무기를 점검한 것은 당연했다. 그런데 당시에 우리는 어리석었다. 놀랍게도 우리는 그 계곡을 지나가면서 야만인들이 우리의 앞뒤에서 행진하도록 허용한 것이다. 우리는 우리의 힘을 믿었고, 투윗과 그의 부하들이 무장을 하지 않은 것에 방심하고 있었으며, 또 야만인들이 아직 모르는 우리 화기의 효력을 과신했기 때문에 그런 식으로 걸어갔던 것이다.

갈라진 곳에는 개암나무 열매 같은 것이 달린 관목이 두 그루 있었다. 그것을 조사해보고 싶은 생각이 들어 재빨리 문질렀더니 한 번에 대여섯 개의 개암이 손에 들어와 즉시 뒤로 물러섰다. 몸을 돌렸더니 피터스와 앨런이 나를 따라오고 있었다. 두 사람이 지나갈 공간이 없었기에 나는 그들에게 열매를 줄 테니 돌아가라고 말했고, 그들은 몸을 돌려 되돌아가기 시작했다. 앨런이 그 틈새의 입구에 가까이 갔을 때 나는 갑자기 여태까지 한 번도 경험해보지 못한 충격과 진동을 느꼈다. 그건 마치 단단한 지구의 바닥 전체가 갑자기 갈라지고 지구 최후의 날이 임박한 것 같은 느낌이었다.

뒤죽박죽이 된 기억이 되살아나자, 나는 칠흑 같은 어둠 속에서 나를 완전히 묻어버릴 듯 내 머리 위로 쏟아져 내리는 부드러운 흙 속에 묻힌 채 거의 질식해가고 있다는 것을 알 수 있었다. 깜짝 놀라 나는 일어서려고 노력했고 드디어 성공했다. 그러고 나서 도대체 무슨 일이 일어났으며 내가 지금 어디에 있는가를 생각하느라 잠시 움직이지 않고 서 있었다. 그때 내 귀에 깊은 신음 소리가 들려왔다. 그건 흙 속에 파묻힌 피터스가 내게 도움을 요청하는 소리였다. 나는 간신히 앞으로 한두 걸음 전진하다가 피터스의 머리 위로 넘어졌다. 그는 몸이 절반쯤 흙 속에 파묻혀 있었는데 그 압박으로부터 빠져나오려고 필사의 노력을 하고 있었다. 나는 온 힘을 다해 그 주위의 흙을 파냈으며 결국 그를 빼내는 데 성공했다.

피터스는 우리가 당한 재난의 정도를 알아보고 우리가 갇힌 감옥을 더듬어보자고 제안했다. 그는 어쩌면 빠져나갈 구멍이 있을지도 모른다고 본 것이다. 나 역시 그 희망에 매달렸다. 몸을 일으켜 부드러운 흙 사이로 빠져나가 보려고 애를 썼다. 그런데 내가 한 발도 채 떼어놓기 전에 희미한 빛이 시야에 들어오는 것이 아닌가. 이제는 적어도 바로 질식사하는 일은 없으리라는 안도감이 들었다. 우리는 차츰 기운을 차려 서로에게 희망을 주고 격려를 했다. 우리의 진로를 방해하는 쓰레기 더미 위에서 비틀거리면서도 우리는 빛이 있는 곳을 향해 앞으로 나아가는 것이 점점 더 쉬워지고 우리를 괴롭히던 폐의 괴로운 압박이 완화되는 것을 느낄 수 있었다.

주위의 물체들이 보이기 시작했고 우리가 왼쪽으로 구부러지는 성층의 수직 끝부분 가까이에 와 있다는 것을 알 수 있었다. 조금 더 애를 써서 구부러진 곳에 도달한 우리는 위로 끝없이 뻗어 있는 갈라진 틈을 바라보며 형언할 길 없는 기쁨에 차올랐다. 그 틈은 아주 가파른 곳도 있었지만 대략 경사가 45도쯤은 되어 보였다. 그래서 그 틈으로 모든 것이 다 보이지는 않았으나 밝은 빛이 위에서 쏟아지는 것으로 보아 올라갈 수만 있다면 꼭대기에 탁 트인 길이 나오리라는 것은 분명했다.

약 한 시간가량 휴식을 취한 다음 우리는 협곡을 향해 올라가기 시작했다. 그런데 얼마 가지 못하고 우리는 계속되는 처절한 비명 소리를 들었다. 드디어 우리는 땅의 표면이라고 부를 만한 곳에 올라섰다. 조금 전에 우리가 있었던 그 평지라는 곳은 저 위의 높은 바위들과 나뭇잎으로 이루어진 아치형 길의 까마득한 아래에 있었다. 아주 조심하면서 좁은 공터로 올라오자 주위가 훤히 보였다. 그 충격과 진동의 끔찍한 비밀이 한눈에 그리고 한순간에 그 모습을 드러냈다.

우리가 서 있는 곳은 무른 바위들로 된 산의 정상에서 그리 멀지 않았다. 우리 일행 서른두 명이 들어선 계곡은 왼쪽으로 150미터쯤 되는 곳에 위치해 있었다. 하지만 적어도 90미터 정도는 백만 톤도 더 되어 보이는 흙더미와 굴러 내린 바위들에 묻혀 있었다. 그러한 사태를 일으킨 방법은 너무나 확실했다. 그 사악한 살인 행위의 흔적이 아직도 현장에 남아 있었기 때문이다. 우리는 서쪽에 있었는데 계곡 동쪽 꼭대기를 따라서 말뚝이 여러 군데 땅에 박혀 있었다. 그렇게 한 곳의 땅은 무너지지 않았다. 하지만 무너진 곳 절벽의 표면 전체를 보면 마치 바위 분쇄기 자국 같은 흔적이 보였다. 그곳은 곧 우리가 본 것 같은 말뚝들이 적어도 만의 끝에서 3미터 떨어진 곳에서부터 90미터에 걸친 길이에 각각 90센티미터 간격으로 박혀 있었음을 말해주고 있었다. 그 말뚝들에는 질긴 포도 넝쿨로 된 끈이 아직도 남아 있었다. 그 상황은 그 줄이 모든 말뚝에 다 연결되어 있었다는 사실을 보여주고 있었다.

그 무른 바위들의 이상한 성층에 대해서는 이미 얘기한 적이 있다. 그리고 우리가 생매장으로부터 탈출한 그 좁고 깊은 틈새에 대한 묘사 역시 그것의 본질을 잘 말해주고 있었다. 즉, 자연적인 충격이나 진동이 일어나면 이 성층은 여기저기 수직으로 갈라지게 되어 있었다. 그런 효과는 간단한 인공적인 자극만으로도 충분했다. 야만인들은 자신들의 비열한 목적을 달성하기 위해 바로 그 성층을 이용한 것이다. 계속 말뚝이 박혀 있는 것으로 미루어볼 때, 야만인들이 줄을 잡아당겨 적어도 30~60센티미터의 땅을 꺼지게 했음이 분명했다. 신호에 따라 말뚝의 꼭대기에서 절벽 끝에까지 연결되어 있는 줄을 잡아당기면 거대한 지레의 힘이 작용하여 산 전체를 흔들어 심연 속으로 가라앉게 되어 있었던 것이다. 이제 가엾은 우리 동료들의 운명은 분명해졌다. 단지 우리 둘만이 그 파멸의 태풍에서 살아날 수 있었던 것이다. 우리는 그 섬에 살아 있는 유일한 백인이었다.

우리의 상황은 마치 영원히 무덤 속에 산힌 양 무서운 것이었다. 우리는 이제 야만인들의 손에 죽거나, 아니면 이 비참한 상황에서 끌려나와 그들의 포로가 되는 길밖에는 달리 도리가 없는 것처럼 보였다. 물론 우리는 빽빽한 숲 속 또는 최후의 수단으로 방금 도망쳐 나온 그 절벽의 틈새에 당분간 숨어 있을 수는 있었다. 그러나 결국 우리는 기나긴 남극 겨울의 추위와 기아로 죽거나 피난처를 찾다가 그들에게 들키게 될 것이 불 보듯 뻔했다.

사방은 야만인들로 우글거리고 있었다. 그들은 제인호를 장악하고 약탈하는 것을 돕기 위해 남쪽에 있는 여러 섬에서 온 무리였다. 배는 아직도 만에 정박하고 있었고, 배에 남아 있던 동료들은 자신들을 기다리고 있을 위험을 전혀 눈치 채지 못하고 있었다. 우리가 지금 그들과 함께 배에 있을 수만 있다면! 그들을 도망치도록 도와주든가, 방어하다가 같이 죽든가 어느 쪽이든 간에 말이다. 하지만 우리는 우리의 목숨을 위태롭게 하지 않고서는 배에 있는 동료들에게 위험을 알릴 방법이 없었을 뿐만 아니라, 그마저도 알릴 수 있는 희망조차 거의 없었다.

권총을 쏘면 그들에게 무슨 문제가 생긴 것을 알리는 데는 충분할지도 모르나 그래봤자 그것 역시 그들에게 즉시 항구를 떠나는 것만이 살 길이라는 것을 알려주지는 못할 것이다. 더 이상 거기 남아 있을 하등의 이유도 없고, 동료들이 모두 죽었다는 것을 알려줄 방법도 되지 못한다는 말이다. 총소리를 들었다고 해서 그들이 기왕 준비하고 있는 것보다 더 철저하게 공격 준비를 완료한 적을 맞을 채비를 할 수 있는 것도 아니었다. 총을 쏘는 것이 오히려 해가 될 수도 있다는 생각에 우리는 총 쏘는 것을 단념했다.

　우리의 다음 생각은 배로 달려가는 것이었다. 즉, 만의 머리에 정박해 있는 카누 네 척 중 하나를 타고 적을 헤치고 가서 배에 올라타는 것이다. 하지만 그건 도저히 불가능하다는 것이 곧 밝혀졌다. 앞서 말한 대로 섬 전체는 배에서 보이지 않는 관목 숲이나 산 깊숙한 곳에 숨어 있는 원주민들로 우글거리고 있었다. 그들은 특히 우리가 숨어 있는 근처에 많았고, 우리가 해안으로 갈 수 있는 유일한 길에는 제인호를 공격하려고 증원군을 기다리고 있는 투윗 추장이 거느리는 검은 피부의 군대가 진을 치고 있었다. 그래서 우리는 현재 숨어 있는 곳에서 다만 관전자가 되어 머물 수밖에 달리 뾰족한 대책이 없었다.

　반시간도 채 안 되어 우리는 항구의 남쪽으로 돌아 접근해

오는 야만인들로 가득 찬 육칠십여 척의 뗏목과 카누를 보았다. 그들에게는 곤봉과 뱃바닥에 깔린 자갈 외에는 다른 무기는 없었다. 반대편에서 비슷하게 무장한 또 다른 배가 접근해오고 있었다. 카누 네 척도 즉시 야만인들을 가득 채우고 만의 머리에서 출발해서 빠른 속도로 다른 배들과 합류했다. 그래서 내가 지금 말하는 시간보다 더 짧은 시간에 제인호는 갖은 수단으로 배를 장악하려는 수많은 무법자에 둘러싸였다.

야만인들이 성공하리라는 것은 즉각적으로 분명해졌다. 배에 남은 선원 여섯 명은 대포를 능숙하게 다룰 줄도 모를뿐더러 그러한 불리한 상황에 버틸 만한 인물도 못 되었다. 사실 나는 그들이 전혀 저항을 하지 못하리라고 예상했다. 그러나 그건 내 기우였다. 그들이 닻줄에서 튀어 일어나더니 배의 우현 뱃전 대포들을 카누 쪽으로 돌리는 것이 보였다. 그때쯤 카누들은 권총 사정거리만큼 가깝게 접근해 있었고, 뗏목들은 바람 불어오는 쪽 400미터 선상까지 와 있었다.

무엇인가 알 수 없는 이유로, 하지만 틀림없이 절망적인 상황 때문에 우리 선원들은 당황했고, 그래서 쏘는 포마다 모두 빗나가고 있었다. 카누는 한 방도 맞지 않았고 야만인들 역시 한 명도 다치지 않았다. 발포의 유일한 효과는 오히려 예기치 않았던 폭음과 연기였다. 나는 잠시 야만인들이 너무나 놀란 나머지 공격을 포기하고 해안으로 되돌아가는 것이 아닐까 의아해할 정도였다. 만일 우리 선원들이 바로 뱃전에서 장총을 쏘았더라면 야만인들을 사살할 수도 있었을 것이다. 그랬더라면 아주 가까이 와 있는 카누에 탄 야만인들을 별문제 없이 쏘아 쓰러뜨렸을 것이고, 더 이상의 접근을 저지할 수도 있었을 것이며, 또 대포를 뗏목으로 돌릴 수도 있었을 터였다. 그러나 야만인들은 공포로부터 정신을 차리고 동료들을 둘러본 다음 부상자가 없자 뗏목들을 맞으러 좌현으로 달려가고 말았다.

좌현에서 우리 선원들이 발사한 대포는 아주 끔찍한 결과를 초래했다. 커다란 대포의 이중 탄두 포탄은 7, 8척의 뗏목을 완전히 두 동강으로 만들었고 즉시 30, 40명의 야만인들을 한꺼번에 죽음으로 몰고 갔으며, 백 명 정도의 부상당한 야만인들을 물속에 빠뜨렸다. 나머지는 사방에서 소리 지르며 도움을 청하는 동료들을 태울 생각도 못한 채 후퇴하느라 정신이 없었다. 그러나 그러한 성공도 우리의 헌신적인 선원들을 구하기에는 너무 늦어버렸다. 우리 선원들이 또다시 좌현 대포에 성냥을 대기도 전에 카누를 타고 온 150여 명이나 되는 야만인들이 벌써 쇠사슬을 타고 승선용 그물을 넘어 배에 오르고 있었다. 그들의 짐승 같은 행패를 막을 길은 이제 어디에도 없었다. 우리 선원들은 눈 깜짝할 사이에 그들의 발 아래 짓밟혀 갈기갈기 찢기고 말았다.

그 광경을 보고 있던 뗏목 위의 야만인들도 떼를 지어 배에 올라와 약탈을 시작했다. 5분도 채 안 되어 제인호는 분노에 찬 야만인들로 비참한 상태에 이르렀다. 갑판은 조각나 찢어졌고, 밧줄이며 돛이며 갑판 위의 운반할 수 있는 것들은 모조리 마치 마술을 부리듯 산산조각이 났다. 또 한편으로는 수천 명의 야만인들이 배 주위를 헤엄치면서 선미를 밀고, 카누로 끌고, 측면을 잡아끌어 드디어 선체는 해변에 도착하여 투윗의 수중에 들어갔다. 그러는 동안 내내 투윗은 산중의 안전한 장소에서 노련한 장수처럼 기다리고 있다가 승리가 확실해지자 비로소 검은 피부의 전사들과 더불어 약탈에 참여했다.

그들은 어느새 우리 배를 완전히 폐물로 만들더니 이제는 불을 지르려 하고 있었다. 잠시 후 우리는 배의 메인 해치에서 거대하게 올라오는 연기를 볼 수 있었다. 그리고 또 잠시 후 선원실로부터 커다란 불꽃이 솟아올랐다. 범장과 마스트와 돛 조각들에 불이 붙었고, 불은 빠른 속도로 갑판 위로 번졌다. 아직도 많은 야만인이 배에 남아 커다란 돌과 도끼, 대포알로 볼트와 구리, 철로 된 부분을 내려치고 있었다. 배에서 가까운 해안과 카누와 뗏목에는 만 명은 족히 되어 보이는 원주민들이 있었다. 모래톱에서는 전리품들을 가진 야만인들이 내지로 돌아가거나 근처의 섬으로 돌아가고 있었다.

우리는 이제 배에서 대폭발이 일어나리라 예상했고 그대

로 적중되었다. 우선 가벼운 충격—마치 전기라도 오른 듯 우리는 그것을 느낄 수 있었다—이 있었는데, 아직 눈에 띄는 폭발은 일어나지 않았다. 야만인들은 분명 놀라서 소리 지르던 일과 하던 일을 잠시 멈추었다. 그러다가 그들이 다시 원래 하던 일로 되돌아가려는 순간, 갑자기 검고 무거운 구름 같은 거대한 연기가 갑판에서 풀썩 일어나더니 배 안에서 거대한 불꽃이 400미터까지 치솟아 올랐다. 그리고 그 불꽃은 순식간에 사방으로 퍼져 나갔으며, 그 순간 대기는 나무며 금속이며 사람들의 팔다리 파편들로 뒤죽박죽이 되었다. 그리고 마지막으로 온 대충격은 마치 우리 모두를 날려 보낼 듯했다. 폭발음은 산을 뒤흔들었고, 미세한 파편들이 사방에서 소나기처럼 쏟아졌다.

야만인들의 피해는 우리의 상상을 넘어서는 것이었다. 이제 그들은 배신의 쓴 열매를 거두게 되었다. 적어도 천 명은 죽었으며, 또 다른 천 명은 팔다리가 토막 난 채 부상을 당했다. 만의 수면 전체는 문자 그대로 익사하거나 다쳐서 죽어가는 사람들로 넘쳐났다. 해안은 더욱더 처참했다. 야만인들은 완벽한 파멸에 망연자실하여 그들의 동료를 도와줄 엄두도 못 내고 있었다. 드디어 그들의 태도에 심각한 변화가 일어나고 있었다. 극도로 흥분한 그들이 해안의 어느 지점으로 달려가 공포와 분노와 호기심이 뒤섞인 표정으로 소리 높이 "테켈리, 테켈리!"라고 외쳐댔다('테켈리'는 구약성서 중 다니엘서에 나오는 말로서 바빌론이 멸망할 때 신의 손가락이 궁중의 벽에 쓴 경고의 말이다).

같은 달 20일, 매우 선디기 어려운 고통을 주었던 그 갈라진 틈새에서의 생활이 이제 완전히 불가능해졌다고 느낀 우리는 필사적으로 산의 남쪽 경사로 내려가 보기로 결심했다. 비록 수직—적어도 45미터 깊이는 되었다—을 이루고 어떤 곳은 아치형을 이루기도 했지만 그곳의 표면은 아주 무른 바위로 되어 있었다. 오랜 탐색 끝에 우리는 만의 가장자리 아래 6미터쯤 되는 좁은 바위 턱을 발견할 수 있었다. 손수건들을 묶어 한쪽을 내가 잡아주고 있는 동안 피터스가 겨우 그 위로 뛰어내릴 수 있었다. 그의 뒤를 이어 그보다 더 어렵사리 나도 뛰어내렸다. 그러자 우리는 언덕이 무너졌을 때 갈라진 틈으로 올라왔듯이 반대로 저 아래까지 내려갈 수 있다는 것을 발견했다. 칼로 발 디딜 곳을 파는 식으로 말이다. 물론 그 계획이 얼마나 위험한지는 상상을 초월하는 것이었다. 하지만 다른 방법이 없었기에 우리는 그것을 감행하기로 했다.

한두 번의 위험한 실패—그는 왼손으로 몸을 지탱하면서 오른손으로 매듭을 풀어야만 했다—끝에 그는 줄을 잘라서 1.8미터 길이로 쐐기에 연결시켰다. 두 번째 쐐기에 손수건을 묶은 다음 피터스는 너무 멀리 내려가지 않도록 조심하면서 세 번째 쐐기 밑으로 내려갔다. 나 같으면 그러한 방법은 꿈도 꾸지 못했을 것이다. 나는 다만 피터스의 재간과 결심에 의지할 뿐이었다. 그러한 방법으로 내 동료는 때때로 튀어나온 절벽에 의지하여 사고를 당하지 않고 바닥까지 내려가는 데 성공했다.

내가 그를 따라서 밑으로 내려가기로 결심하는 데는 오랜 시간이 걸렸다. 내가 내려가기 전에 피터스는 셔츠를 벗어 내 것과 한데 묶어 밧줄로 삼았다. 갈라진 틈에서 발견한 장총을 먼저 내려 보낸 후 나는 그 밧줄을 관목에 묶고 재빨리 아래로 내려갔다. 되도록 빨리 힘차게 움직이는 것만이 두려움을 잊게 해줄 수 있었기 때문이다. 적어도 네다섯 걸음까지는 그 약효가 작용했다.

하지만 곧 나는 아직도 내려가야 할 끝없는 깊이와, 나의 유일한 지탱물인 쐐기, 그리고 무른 바위의 불안정한 상태를 떠올리자 다시금 공포가 몰려왔다. 그러한 생각을 떨쳐버리기 위해 눈앞에 있는 절벽의 표면에 시선을 고정시키려고 노력도 해보았지만 허사였다. 생각을 떨쳐버리려고 하면 할수록 상상은 더욱 선명하고 생생해졌다. 드디어 심연으로 떨어지리라는 내 끔찍한 환상은 극에 달했다. 나는 머리를 밑으로 향한 채 거꾸로 떨어지는 메스꺼움과 현기증 속에서 몸부림을 치며 거의 기절 상태에서 최후의 비참함을 맞는 자신의 모습을 머릿속에 그렸다.

나는 이제 아래를 바라보고 싶은 욕망에 휩싸였다. 절벽의 표면에만 시선을 고정시킬 수는 없었다. 거칠고 정의할 수 없는 감성으로 반은 공포심에서, 반은 해방감에서 나는 드디어 저 아래 심연을 내려다보았다. 그 순간 내 손가락들은 경련하듯 쐐기를 꽉 붙잡았으며, 그러자 탈출할 수 있을 것이라던 생각이 내 마음속에서 마치 그림자처럼 희미해졌다. 그리고 다음 순간 나는 떨어지고 싶은 강렬한 유혹에 빠졌다. 그것은 도저히 억제할 수 없는 욕망이고, 열망이며, 정열이었다.

나는 즉시 쐐기를 잡고 있던 손을 놓았고, 절벽으로부터 반쯤 몸을 돌린 채 잠시 동안 비틀거리며 허공에 매달려 있었다. 그런 다음 곧 머릿속이 빙글빙글 돌며 아래로 추락하기 시작했다. 귀에서는 째지는 듯한 비명 소리와 유령의 목소리가 들려오는 것 같았다. 가무잡잡한, 악마 같고 흐릿한 인물이 바로 내 밑에 서 있었다. 그리고 한숨과 함께 터질 것 같은 심장을 안고 나는 그의 품에 깊숙이 안겼다.

기절한 채로 떨어지는 나를 피터스가 받은 것이다. 그는 절벽 아래에서 내 행동을 유심히 관찰하고 있다가 내게 당면한 위험을 보고 모든 방법을 동원해 소리치며 용기를 북돋아 주고자 했다. 하지만 나는 이미 정신이 혼란해져서 그가 하는 말을 들을 수도 없었고, 심지어 그가 말하고 있다는 사실조차도 의식하지 못했다. 그러다가 내가 기우뚱하게 매달리자, 그가 서둘러 올라와 일촉즉발의 순간에 나를 구해낸 것이다. 만일 내가 체중을 다 실은 채로 떨어졌더라면 셔츠로 만든 줄이 끊어져 나는 바닥이 보이지 않는 심연 속으로 떨어졌을 것이다. 그는 부드럽게 나를 붙잡아 내려놓았고, 덕분에 나는 정신이 들 때까지 위험하지 않은 상태로 매달려 있을 수 있었다. 그러느라 15분가량이 소요되었다. 회복이 되자 두려움은 사라지고 나는 새롭게 태어난 기분이었다. 나는 동료의 도움을 받아 무사히 바닥에 내려올 수 있었다.

이제 우리의 당면 문제는 식량을 구하는 일이었다. 우리는 전에 언덕 꼭대기 은신처에서 보았던 거북이를 잡으러 800미터 정도 떨어진 해안가로 가보기로 했다. 우리는 거대한 바위와 무덤들 사이를 조심스럽게 누비면서 전진했다. 어느 모퉁이를 돌자 갑자기 야만인 다섯 명이 우리에게 달려들었다. 피터스가 그들을 때려 쓰러뜨렸고, 한 명은 포로로 잡았다. 다시 수많은 야만인이 분노의 몸짓을 하며 사방에서 쏟아져 나와 우리 쪽으로 달려오고 있는 것이 보였다. 우리는 걸음을 멈추고 딱딱한 땅 쪽으로 후퇴했다. 그때 나는 바다 쪽으로 튀어나온 커다란 바위 뒤로 카누 두 대의 뱃머리를 보았다. 전속력으로 그쪽으로 달려가 보니 마침 지키는 사람은 없고 대형 갈라파고스 거북이 세 마리와 예순 명의 노잡이를 위한 노 60개만 있었다. 우리는 즉시 그중에 하나를 잡아타고 포로도 태우고 나서 온 힘을 다해 바다로 나아갔다.

우리는 이제 연약한 카누를 타고 식량이라고는 거북이 세 마리밖에 없이 남위 84도 이하의 광활하고 황량한 남극해에 도착했다. 기나긴 남극의 겨울도 곧 닥칠 것이고, 항로에 대해서도 생각해야만 했다.

카누의 안전을 위해 조처할 일을 해놓은 다음, 우리는 남풍을 받고 남동쪽으로 항해하기 위해 뱃머리를 완전히 남쪽으로 돌렸다. 날씨는 쾌청했다. 북쪽에서는 아주 온화한 바람이 불어왔고 바다는 잔잔했으며 낮은 계속되었다. 얼음은 전혀 보이지 않았다. 베넷의 작은 군도를 지나온 뒤로는 전혀 얼음을 보지 못했다. 사실 얼음이 떠 있기에는 수온이 너무 따뜻했다. 가장 큰 거북이를 잡아 식량뿐 아니라 충분한 양의 물도 얻어 우리는 아무 사고 없이 7, 8일 동안 항해를 계속했다. 그동안 계속해서 남풍이 불었고 아주 센 물결이 남쪽으로 흘렀기 때문에 우리는 남쪽으로 상당히 먼 거리를 항해할 수 있었다.

눈앞에 펼쳐진 많은 기이한 현상은 이제 우리가 신기하고 경이로운 지역으로 들어가고 있음을 보여주고 있었다. 연한 잿빛 운무가 끊임없이 남쪽 수평선 위에 나타나고 있었으며,

가끔씩 동쪽에서 서쪽으로, 또 서쪽에서 동쪽으로 늘 같은 높이로 하늘 높이 빛줄기를 그으며 불꽃처럼 솟아오르고 있었다. 여러 형태의 극광이 나타난 것이다. 우리가 있는 곳에서 보이는 그 운무의 평균 높이는 25피트쯤 되어 보였다. 바다의 수온은 잠시 높아지는 듯했고, 물빛도 확연히 변했다.

오늘 포로를 계속 심문해서 우리는 그 학살의 섬에 대해서, 즉 주민들이나 풍습에 대해 많은 것을 알 수 있었다. 하지만 그런 것들로 어떻게 독자들의 관심을 끌 수가 있단 말인가? 우리는 거기에 여덟 개의 섬이 있고, 그중 가장 작은 섬에 살고 있는 살레먼 혹은 살레모운(히브리어로 '어두운'이라는 뜻)이라는 왕이 그 섬들을 다스리고 있다는 사실을 알게 되었다. 또 전사들이 입고 있는 검은 가죽은 왕궁 근처에서만 발견되는 커다란 동물의 가죽이고, 그들은 밑이 편편한 뗏목밖에는 만들 수 없으며, 그들이 소유하고 있던 카누 네 척은 남서쪽의 어느 커다란 섬으로부터 우연히 얻은 것이며, 포로의 이름은 '누누'(히브리어로 '부인하다'라는 뜻)이고, 또 포로는 베넷 섬에 대해서는 아는 것이 아무것도 없고, 그리고 우리가 떠나온 그 섬의 이름이 '살랄'(히브리어로 '암흑'이라는 뜻)이라는 것 등을 알게 되었다. '살레먼'이나 '살랄'의 발음은 길게 쉿 소리가 나서 몇 번이고 따라 해보아도 그대로 흉내 내기란 불가능했다. 그건 마치 우리가 산꼭대기에서 먹은 검은 해오라기가 내는 소리 같았다.

수온은 아주 현저하게 변했으며, 물빛도 급속도로 변해가고 있었다. 바다는 이제 더 이상 투명하지 않고 계속 우윳빛이었다. 우리 주위는 대체로 잔잔했으며, 카누를 위협할 만큼 파도가 세지도 않았다. 하지만 우리는 저 멀리 우측과 좌측에서 갑자기 수면이 거칠어지는 것을 보고 자주 놀라곤 했는데, 드디어 우리는 그것이 운무가 남쪽으로 이동하기 직전의 징조임을 알게 되었다.

오늘은 북쪽에서 불어오는 바람이 눈에 띄게 줄어들어 돛을 넓힐 생각으로 주머니에서 하얀 손수건을 꺼냈다. 내 곁에 앉아 있던 누누는 흰색 손수건이 우연히 그의 얼굴 앞에서 펄럭이자 갑자기 격렬한 경련을 일으켰다. 그러더니 정신이 희미해지면서 "테켈리 리! 테켈리 리!"라고 외쳤다.

바람은 완전히 멎었다. 그런데도 우리는 분명 강력한 해류를 타고 남쪽으로 항해를 계속하고 있었다. 이 같은 변화에 우리는 당연히 놀랐어야 했는데, 사실 우리는 전혀 그런 것을 알지 못했다. 때로는 피터스의 얼굴에 비록 내가 이해할 수 없는 표정이 떠오르기는 했지만 놀라는 기색은 전혀 없었다. 남극의 겨울이 닥쳐오고 있는 것 같았다. 하지만 그것에 대한 공포는 없었다. 나는 몸과 마음이 모두 멍한 상태였고, 마치 꿈을 꾸는 듯했다. 그게 전부였다.

회색빛의 운무는 이제 수평선 위로 높이 떠올랐으나 그 빛도 차츰 사라지고 있었다. 수온은 아주 뜨거워 손을 대보면 기분 나쁠 정도였고, 우윳빛도 그 어느 때보다도 진했다. 오늘은 카누 바로 옆에서 아주 격렬한 파도가 일었다. 파도 꼭대기에는 언제나 그렇듯 운무가 피어올랐다가 아랫부분에서 갈라졌다. 재같이 보이지만 분명 재는 아닌 미세한 하얀 분말이 카누와 수면을 내리덮었고, 파도는 운무 사이로 가라앉더니 이윽고 잠잠해졌다. 누누는 이제 배 밑에 고개를 처박고는 도무지 일어나려 하지 않았다.

오늘 우리는 누누의 동족이 우리 동료를 죽인 이유에 대해 그를 심문했다. 하지만 그는 너무나 강한 공포에 사로잡혀 제대로 대답을 하지 못했다. 그는 아직도 고집스레 카누 바닥에 엎드려 있었다. 심문을 계속하자 그는 다만 손가락으로 윗입술을 벌려 그 속의 치아를 드러내 보이는 백치 같은 손짓만 계속할 뿐이었다. 그런데 놀랍게도 그의 이는 검은색이었다. 우리는 살랄 섬 주민들의 이를 처음 본 것이다.

오늘은 우리 곁으로 하얀 동물이 물에 둥둥 뜬 채로 지나갔다. 그 모습이 살랄 섬 해안에서 원주민들에게 커다란 소동을 일으켰던 그 동물과 비슷했다. 나는 그 동물을 건져 올리려다가 갑자기 심드렁해져서 그냥 지나가게 내버려두었다. 수온은 계속 올라 손을 넣을 수 없을 정도가 되었다. 피터스는 거의 말이 없었고, 나는 그의 무관심의 이유를 알 수 없었다. 누누는 숨만 쉴 뿐 움직이지 못했다.

그 하얀 재 같은 가루는 수없이 지속적으로 우리 주위로 떨어지고 있었다. 남쪽 수평선의 운무는 점점 더 많아졌고, 점점 더 확실한 형태를 띠었다. 나는 그것을 머나먼 하늘에 있는 거대한 누벽으로부터 조용히 바다로 떨어져 내리는 끝없는 폭포라고밖에는 달리 묘사할 길이 없었다. 그 거대한 운무의 휘장은 남쪽 수평선 전체에 뻗어 있었다. 그것은 아무런 소리도 내지 않았다.

음침한 어둠이 우리 위로 내리덮고 있었다. 그런데 별안간 대양의 우윳빛 수심으로부터 빛나는 광채가 떠올라 보트 뱃전을 따라 은은히 피어오르고 있었다. 우리는 우리와 카누 위로 쏟아지는 하얀 가루의 소나기에 압도되었다. 하지만 그것들은 수면에 떨어지자마자 녹아버렸다. 폭포 꼭대기는 너무 멀고 어두워 잘 보이지 않았으나 우리는 가공할 만한 속도로 그곳을 향해 접근하고 있었다. 사이사이로 하품하듯 찢어진 널따란 구멍이 언뜻언뜻 보이곤 했다. 그 구멍 속에는 흐릿한 무엇인가 혼란스럽게 훨훨 날아다니고 있었으며, 환한 대양을 찢어발기는, 강력하지만 소리 없는 바람이 불고 있었다.

부쩍 어두워졌지만 우리 앞의 하얀 휘장이 쏟아놓는 파도의 빛 때문에 그나마 좀 환했다. 거대하고 창백한 수많은 새들이 하얀 베일 너머로 끊임없이 날고 시야에서 사라져 가면서 "테켈리 리!"라는 비명을 지르고 있었다. 그 소리에 누가 보트 바닥에서 몸을 움찔하는 것 같았는데 만져보니 그는 이미 죽어 있었다. 이제 우리는 우리를 받아들이려고 활짝 벌리고 있는 폭포의 포옹 속으로 빨려 들어갔다. 그런데 우리가 가는 길목에 홀연 그 어떤 인간보다도 더 큰, 수의를 입은 사람의 형상이 물속에서 솟아오르고 있었다. 그의 피부는 마치 눈처럼 완벽하게 흰색이었다.

후기

여기까지 원고를 넘겨준 핌이 마지막 원고를 주겠다고 해 놓고는 갑자기 세상을 떠나자, 작가 포는 이 소설의 결말을 알지 못한 채 기록을 마치게 된다. 포는 결말을 만들어보라는 제안을 거절한다. 이야기의 결말을 도무지 짐작할 수 없기 때문이다. 일리노이 주에 살고 있다는 피터스는 결말을 알고 있을 테지만 현재로서는 만날 수 없고, 나중에 그가 나타나면 마지막 결말을 위한 자료를 제공해줄 것이다.

3 관련서 빛 연보

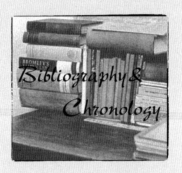

Bibliography &
Chronology

포의 작품들 중 장편소설인

『아서 고든 핌의 모험』은 펭귄판이 나와 있고,

단편 모음집은 그동안 각기 다른 출판사에서 많이 나왔지만

그중에서도 펭귄판 『포터블 포 *The Portable Poe*』와

모던 라이브러리 칼리지판

『포의 시와 산문 선집 *Selected Poetry and Prose of Poe*』을 추천한다.

워즈워스 클래식 시리즈인

『미스터리와 상상력의 이야기들 *Tales of Mystery and Imagination*』이나

『기괴하고 기이한 이야기들 *Tales of Grotesque and Arabesque*』역시

좋은 평가를 받는다.

에드가 앨런 포 관련서

Carlson, Eric W. ed., *The Recognition of Edgar Allan Poe*, Ann Arbor: U of Michigan P, 1966.

포가 살았을 당시와 타계한 직후 프랑스 작가들과 미국 비평가들의 평론 모음집으로, 포에 대한 당대의 평가를 집대성한 책이다.

Eddings, Dennis, W. ed., *The Naiad Voice: Essays on Poe's Satiric Hoaxing*, New York: Associated Faculty Press, 1983.

포의 작품들을 풍자문학으로 읽어낸 비평서로, 포의 예리한 유머 감각과 사회 비판이 잘 드러나 있다.

Fisher IV, Benjamin Franklin, ed., *Poe and His Times*, Baltimore: The Edgar Allan Poe Society, 1986.

예술가와 그의 시대라는 주제로 19세기 미국 사회에서 포의 문학사적 의의와 중요성을 다루고 있는 책으로, 포가 살았던 시대적 배경 및 작가의 시대정신이 잘 드러나 있다.

Fisher IV, Benjamin Franklin, ed., *Poe and Our Times*, Baltimore: The Edgar Allan Poe Society, 1986.

포의 문학 세계를 현대적 시각에 비추어 새롭게 조명하고 해석한 책이다.

Hoffman, Daniel, *Poe Poe Poe*, New York: Doubleday Co., 1972.

포의 작품 세계를 심리학적으로 분석한 최상의 책으로, 재미있게 읽을 수 있다. 프로이트와 융의 시각으로 포를 바라보는 데 유용한 책이다.

Mankowitz, Wolf, *The Extraordinary Poe*, New York: Summit Books, 1978.

스케치, 그림, 당시 신문 기사 등 흥미로운 자료들이 병합된 재미있는 포의 전기이다.

Morgan, John J. M.D., *Edgar Allan Poe, Life, Character*, Washington, D.C.: William F. Boogher, 1885 New York: AMS Press 1966.

포의 죽음에 대한 담당 의사의 보고서로, 포의 마지막 삶이 잘 그려져 있다.

Parks, Edd Winfield, *Edgar Allan Poe as Literary Critic*, Athens: U of Georgia Press, Eugenia Dorothy Blount Lamar Memorial Lectures, 1964.

문학비평가로서의 포의 모습을 다양하게 조명하는 동시에 편집자, 소설가, 시인으로서 포의 면모를 자세하게 제시해주는 연구서이다.

Regan, Robert, *Poe: A Collection of Critical Essays*, Englewood Cliffs, NJ: Prentice Hall, 1967, Twentieth Century Views Series.

포에 관한 포괄적인 평론들을 종합한 비평서로, 미국 작가들을 집대성한 Twentieth Century Views Series 중 한 권이다.

Rogers, David, *Tales and Poetry of Edgar Allan Poe*, New York: Simon and Shuster, Monarch Press, 1990.

포의 간략한 전기적 사실과 간단한 스토리 요약을 담은 저서로, 본서를 쓰면서 참고한 바 있다.

Saliba, David R., *A Psychology of Fear: The Nightmare Formula of Edgar Allan Poe*, MD: Univ. Press of America, 1986.

'공포와 두려움' 이라는 주제로 포의 작품 세계를 파악하고 작품 분석을 시도한 책이다.

Thompson., G.R., *Poe's Fiction: Romantic Irony in the Gothic Tales*, Madison: U of Wisconsin, 1973.

고딕소설의 전통 위에 포의 작품들을 놓고 로맨틱 아이러니라는 모티프로 포의 작품들을 분석한 책이다.

Wagenknecht, Edward, *Edgar Allan Poe: The Man Behind the Legend*, New York: Oxford UP, 1963.

포의 파란만장한 삶과 사랑과 예술을 전기적으로 다루면서 작품들을 분석한 책이다.

에드가 앨런 포 연보

1809년

1월 19일 보스턴에서 별로 재능 없는 배우였던 부친 데이빗 포와 재능이 뛰어난 배우였던 어머니 엘리자베스 아놀드 포 사이에 태어난다.

1810년

부친이 가족을 버리고 가출하자, 모친은 세 아이를 데리고 친척이 있는 버지니아 주 리치몬드로 이주한다.

1811년

12월 18일 어머니가 사망한다. 담배상 존 앨런이 포를 양자로 받아들였으나 법적으로 입양한 것은 아니다. 포의 이름이 에드가 앨런 포가 된다.

1815~1820년

존 앨런 가족이 영국으로 이주하게 되어, 런던 근처의 매너 하우스 학교에 다닌다.

1820~1825년

리치몬드로 돌아온다. 제인 스티스 스태니드를 만나 깊은 인상을 받고 1824년에 죽은 그녀를 기리는 시 「헬렌에게」를 쓴다. 시인으로 활동을 시작한다.

1826년

버지니아 대학에 입학한다. 성적은 좋았으나 도박으로 빚을 지고 존 앨런이 그 빚을 갚아주기를 거부함에 따라 대학을 중퇴한다. 애인 새라 엘마이러 로이스터가 다른 남자와 약혼한다.

1827년

시집 『태멀린과 다른 시들』을 출간한다. 에드가 A.페리라는 가명으로 육군에 입대한다.

1829년

앨런 부인이 사망한다. 특무원사 에드가 페리는 육군을 명예제대한다.

1830년

미 육군사관학교 웨스트포인트에 입학한다.

1831년

웨스트포인트를 퇴교하고 볼티모어에 있는 숙모 마리아 클렘의 집에서 기거한다.

1932년

『필라델피아 새터데이 커리어』지에 「메센저스타인」 외 단편 4편을 발표한다.

1833년

『볼티모어 새터데이 비지터』지에 단편 「병 속의 문서」가 뽑혀 상금으로 50달러를 받는다.

1834년

존 앨런이 사망한다. 그러나 포에게는 유산을 한 푼도 남기지 않는다.

1835년

『서던 리터러리 메신저』지의 부편집인이 된다. 사촌 버지니아 클렘과 결혼한다.

1837년

『서던 리터러리 메신저』지를 그만 두고 아내 버지니아와 뉴욕으로 이주한다.

1838년

장편소설 『아서 고든 핌의 모험』을 출간한다. 필라델피아로 이주한다.

1939년

『버튼스 젠틀맨스 매거진』의 문학 담당 편집인이 된다. 단편집 『기괴하고 기이한 이야기들』을 출간한다.

1941년

『그레함스 매거진』의 편집장이 된다. 루퍼스 그리스월드를 만난다.

1842년

프리랜서 저널리스트로 활동한다.

1843년

「황금충」으로 『달러 뉴스페이퍼』지에서 수여하는 상을 받는다.

1844년

뉴욕으로 가서 『뉴욕 이브닝 미러』지의 비평가 겸 편집인이 된다.

1845년

『브로드웨이 저널』지의 편집인 겸 사주가 된다. 시 「갈까마귀」를 발표한다.

1846년

『브로드웨이 저널』지를 폐간하고 뉴욕 근교 포드햄으로 이주한다.

1847년

1월 30일 아내 버지니아가 사망한다.

1848년

시인 새라 헬런 휘트먼과 연애한다. 그녀는 처음에는 포의 사랑을 받아들였으나 나중에는 그를 떠난다. 이어 애니라는 애칭의 찰스 리치먼드 부인과 연애한다. 산문집 『유레카』를 출간하고, 평론 「시적 원리」를 발표한다.

1949년

시 「애너벨 리」를 발표한다. 소년 시절 좋아했던 새라 엘마이러 로이스터를 다시 만나 연애한다. 10월 7일 볼티모어 거리에서 쓰러져 병원으로 실려 간 뒤 사망한다.

에드가 앨런 포 읽기의 즐거움

모르그가의 살인 사건·검은 고양이·어셔가의 몰락 외

펴낸날	초판 1쇄 2005년 12월 24일
	초판 2쇄 2016년 4월 8일

지은이	김성곤
펴낸이	심만수
펴낸곳	(주)살림출판사
출판등록	1989년 11월 1일 제9-210호

주소	경기도 파주시 광인사길 30
전화	031-955-1350 팩스 031-624-1356
홈페이지	http://www.sallimbooks.com
이메일	book@sallimbooks.com

ISBN	978-89-522-0462-2 04080
	978-89-522-0394-1 04080 (세트)

※ 값은 뒤표지에 있습니다.
※ 잘못 만들어진 책은 구입하신 서점에서 바꾸어 드립니다.